U0739586

博山诗词集

毛小东 主编

江西人民出版社
Jiangxi People's Publishing House
全国百佳出版社

图书在版编目（CIP）数据

博山诗词集 / 毛小东主编 . -- 南昌：江西人民出
版社，2024. 7. -- ISBN 978-7-210-15647-5

Ⅰ. Ⅰ222.72

中国国家版本馆 CIP 数据核字第 2024J9J858 号

博山诗词集
BOSHAN SHICI JI

毛小东　主编

责 任 编 辑：王醴頡
书 籍 设 计：同异文化传媒

江西人民出版社　出版发行
Jiangxi People's Publishing House
全国百佳出版社

地　　　　址：江西省南昌市三经路 47 号附 1 号（邮编：330006）
网　　　　址：www.jxpph.com
电 子 信 箱：jxpph@tom.com
编辑部电话：0791-86895309
发行部电话：0791-86898815
承 印　　厂：南昌市红星印刷有限公司
经　　　销：各地新华书店

开　　　本：787 毫米 ×1092 毫米　1/16
印　　　张：16
字　　　数：160 千字
版　　　次：2024 年 7 月第 1 版
印　　　次：2024 年 7 月第 1 次印刷
书　　　号：ISBN 978-7-210-15647-5
定　　　价：68.00 元
赣版权登字 -01-2024-326

序

刘 华

时隔多年，我再次欣然为毛小东编纂的文集作序，他的创作以及收集整理的作品曾令我一次次感动不已；而他主编的这本《博山诗词集》，则是叫我又惊又喜。

惊的是，我频频光顾的广丰山野间竟然藏着这么一个熠熠生辉的地名，它闪耀在南宋大词人辛弃疾的千古名篇中，闪耀在佛教禅宗曹洞宗中兴的历史记忆里；喜的是，毛小东工作虽然调离了广丰，身心却依然深情地眷恋着家乡的土地，依然锲而不舍地挖掘着那里的地方文化资源。《博山诗词集》的收集整理和编辑过程，何尝不是一项用心发现、艰难采掘的艰巨工程？在我看来，呈现在读者眼前的这本诗词集，无疑是有着特殊价值和意义的厚重之作。

——因为，它收录的稼轩博山词竟达 35 首之多，其中不乏《丑奴儿·书博山道中壁》《清平乐·村居》等名篇以及"城中桃李愁风雨，春在溪头荠菜花""一松一竹真朋友，山鸟山花好弟兄"等名句，这些词章生动证明了辛弃疾与广丰博山的不解之缘，正如毛小东所言："博山是辛弃疾在上饶林下生活的二十年间，除了带湖、瓢泉之外最重要的栖息地，这也是他一生创作词作最旺盛阶段，作词最多。而博山词作已构成了一个相对独立的单元，包括博山道作、博山寺作、雨岩作、王氏庵作以及雨岩书舍送别酬和之作，成为稼轩词中之重要组成。"品读这些词作，不难发现，虽结庐于博山古刹之侧，游走于名胜幽谷之间，吟咏于山石花鸟之中，一心要恢复中原而壮志难酬的辛弃疾，其朴实的词句、丰茂的情感间，总是不自觉地流露出重重心事，正所谓"醉里不知谁是我，非月非云非鹤"。然而，"近来何处有吾愁，何处还知吾乐"，作者的博大胸襟又跃然纸上。由此可见，稼轩博山词思想情感的表达方式，对于辛弃疾词研究来说是重要的。

——因为，它收录了博山寺中兴祖师、曹洞宗三十二世祖无异元来的诗歌多达 600 余首，而元来的诗歌浸润了自己的禅修主张。入宋以后，禅宗在江西的弘传尤为兴盛，至明代，曹洞宗得以中兴，明中叶高僧辈出，并各阐禅学于南北各地。元来两度主持博山法席，"力弘曹洞法门，禅律并行，禅教并重，并有所创新"（见《江西通史·明代卷》）。元来认为"参禅须要立得心真，便头正尾正，其间亦不颠倒。禅人若能以此持之以恒，方可修成正果"，主张在参究话头的同时深入经藏，并认为"宗、教殊途，皆归一致""宗乃教之纲，教乃宗之目，举一纲则众目张"，如此等等。元来独到的禅修主张，应是其诗歌创作的思想资源，其大量作品反映了这一方面的内容，如"一句话头如铁橛，千年故纸不须钻""参禅须趁早，莫待年纪老""参禅没主宰，只要心不改"等。无疑，这类诗歌对于研究元来禅修主张乃至曹洞宗研究来说，有着独特的价值。元来诗歌中也有一些篇什表现自己的生活情状，传达独在的真情实感，如"历劫了知心是佛，几回瘳觉梦为僧""以法为亲疏世相，视身如寄等浮沤。尘寰多少黄粱梦，输与深山枕石头""恩情宛似缠身索，荣辱还如过耳风"等等，其《洗耳泉》一诗颇是耐人寻味："山间不管人间事，饭后仍添茶灶烟。恶听松风兼鸟语，也将两耳掬清泉。"

《博山诗词集》还收录了先后在博山寺住持或受戒过的禅师诗歌，以及历代文人所作的博山诗。它差不多成了诗的博山志、诗的博山能仁寺志。通过后记，读者应能感受到编者毛小东的孜孜不倦和一丝不苟。为了搜集整理，他既要努力挖掘，又要仔细甄别。比如选择辛弃疾的博山词，除了题目、题记有明确标示或与广丰名要酬和的词作外，编者往往还要通过词作所描写的情境、物象以及具体表述作出判断。又如，无异元来禅师的诗歌包括寿言、挽辞和偈诗，取自《无异元来禅师广录》《禅门立春偈赞法语》等多部佛门书籍，想必翻阅那些书籍也是需要"立得心真"，才能"修成正果"的吧？

很多年前，毛小东作为广丰铜钹山旅游资源的发现者和开发者，他在千方百计筹资筑路的同时，以充沛的激情、惊人的毅力勤奋笔耕，用数以百万的文字铺筑了一条连通广大读者的心路。我为他编著的《铜钹山历史文化丛书》写序称："一位建设者，始终锲而不舍地挖掘地方文化资源、诗意地塑造建设着一个地方的文化形象，这样的建设者是令人敬佩的。"我甚至断言，无论就编著的工程量来说，还是就其意义来说，"无疑是再造一座铜钹山。因为,铜钹山风景区的精魂都在这里了。"

是的,《博山诗词集》里展示着博山的精魂,它亘古不灭。捧读这本诗词集,我不禁感慨:我们所立足的任何一片土地都是深厚的,只要不断探寻,便有不断的收获。

（刘华系中国民间艺术家协会原副主席、江西省文联原主席、江西省作协原主席）

目录

第二辑　无异禅师诗

第三辑　百家同吟咏

稼轩博山词

辛弃疾（1140—1207）

辛弃疾，原字坦夫，后改字幼安，中年后号稼轩，山东东路济南府历城县（今山东省济南市历城区）人。南宋豪放派词人，有"词中之龙"之称，与苏轼合称"苏辛"，与李清照并称"济南二安"。

辛弃疾早年与党怀英齐名北方，号称"辛党"。23岁参与耿京起义，擒杀叛徒张安国，回归南宋，进《美芹十论》《九议》等奏疏，条陈战守之策，但不被朝廷采纳。先后在湖北、江西、湖南、福建等地为守臣，曾平定荆南茶商赖文政起事，又力排众议，创制飞虎军，以稳定湖湘地区。由于他与当政的主和派政见不合，两度被弹劾免职。1180年再知隆兴府（今江西南昌）兼江西安抚使。1181年春，辛弃疾来到上饶开工兴建带湖新居和庄园，庄园取名为"稼轩"，并以此自号"稼轩居士"。当年冬月，由于受弹劾，官职被罢，带湖新居正好落成，辛弃疾回到上饶，开始了中年后的闲居生活。1192年冬，朝廷急需用人，一道诏书，为福建提刑。1194年夏，辛弃疾又被罢官回上饶，住在瓢泉，动工建新居。1195年春，瓢泉园林式庄园建成。1196年夏，带湖庄园失火，辛弃疾举家移居瓢泉。其年秋，辛弃疾所有的名衔被朝廷削夺得干干净净，在瓢泉过着游山逛水、饮酒赋诗、闲云野鹤的村居生活。1203年，辛弃疾先后被起用为绍兴知府、镇江知府等职。1205年秋，又被罢官，辛弃疾怀着满腔忧愤回到瓢泉。1207年秋，朝廷再次起用辛弃疾为枢密都承旨,令他速到临安(今浙江杭州)赴任。诏令到铅山,辛弃疾已病重卧床不起,只得上奏请辞。同年 10 月 3 日(农历九月初十),终因忧愤而卒,享年 67 岁。后宋恭帝追赠辛弃疾为少师,谥号"忠敏"。

辛弃疾落职闲居上饶带湖不久(即 1182 年 8 月),慕名游览了居地带湖不远处的古刹博山寺,博山名胜幽谷深深吸引着辛弃疾,他毅然决定在博山结庐。明嘉靖《永丰县志》:"博山寺在崇善乡,唐景福初诏国师立,宋辛稼轩尝读书于其所,因号博山书院,石碑文。"1183 年选择在临安通往南昌诸省驿道之南畔、山寺两三里许雨岩洞东百余米处、笔架石东侧雨岩幽谷,建造一幢坐北朝南的山房书舍。从此,辛弃疾与博山寺、雨岩结下不解之缘。他家居带湖、瓢泉,情系博山,心悬书舍,如醉如痴地沉浸在博山寺的松林竹海中,和博山的万民山石松竹花鸟结成"神交心许"之挚友,成为博山山民,并自号雨岩居士。将一次又一次的感悟,一次又一次的体验,一次又一次的感情沸腾融进为博山写下的一首又一首流传千古的名篇词章中。博山是辛弃疾在上饶林下生活的二十年间,除了带湖、瓢泉之外最重要的栖息地,这也是他一生创作词作最旺盛阶段,作词最多,创作题材广阔又善化用前人典故入词,风格沉雄豪迈又不乏细腻柔媚之处。而博山词作已构成了一个相对独立的单元,包括博山道作、博山寺作、雨岩作、王氏庵作以及雨岩书舍送别酬和之作,成为稼轩词中之重要组成。真是:国家不幸诗家幸,英雄不幸博山幸。

注:辛弃疾的稼轩博山词均选自 2012 年华中科技大学出版社出版徐汉明校注的《辛弃疾全集校注》(上、下)。

念奴娇

赋雨岩，效朱希真体 [1]

近来何处，有吾愁、何处还知吾乐。一点凄凉千古意，独倚西风寥廓。剪竹寻泉，和云种树，唤做真闲客 [2]。此心闲处，未应长藉丘壑。

休说往事皆非，而今云是 [3]，且把清樽酌。醉里不知谁是我，非月非云非鹤。风高松梢，露冷桂子，醉了还醒却。北窗高卧 [4]，莫教啼鸟惊着。

（《稼轩词》卷二）

注释

[1] 作于辛弃疾闲居带湖时。雨岩：在江西永丰县西博山中。《涧泉集》有诗《朱卿入雨岩，本约同游，一诗呈之》曰："雨岩只在博山隈，往往能令俗驾回。筇杖失从贤者去，住庵应喜谪仙来。中林卧壑先藏野，磐石鸣泉上有梅。食夕金华鹿田寺，斯游重省又遐哉。"朱希真：《宋史·文苑传·朱敦儒》："朱敦儒字希真，河南人。……志行高洁，虽为布衣而有朝野之望。……素工诗及乐府，婉丽清畅。《花菴词选》：'朱希真名敦儒，博物洽闻，东都名士。南渡初以词章擅名。天资旷远，有神仙风致。'"

[2]"剪竹"三句：过着竹里寻泉、云中种树的隐者生活。

[3]"休说往事"二句：用陶渊明《归去来兮辞》"实迷途其未远，觉今是而昨非"句意。

[4]"北窗"句：陶渊明《与子俨等疏》："常言五六月中，北窗下卧，遇凉风暂至，自谓是羲皇上人。"

水调歌头

元日投宿博山寺，见者惊叹其老[1]

头白齿牙缺，君勿笑衰翁。无穷天地今古，人在四之中[2]。臭腐神奇[3]俱尽，贵贱贤愚[4]等耳，造物也儿童。老佛更堪笑，谈妙说虚空。

坐堆豗[5]，行答飒[6]，立龙钟。有时三盏两盏，淡酒醉蒙鸿[7]。四十九年前事，一百八盘[8]狭路，拄杖倚墙东。老境竟何似？只与少年同。

（《稼轩词》卷三）

注释

[1] 作于淳熙十六年（1189）辛弃疾闲居带湖时。博山寺：《广丰县志》载："博山寺在邑西南崇善乡，本名能仁寺，五代时天台韶国师开山，有绣佛罗汉留传寺中。宋绍兴间悟本禅师奉诏开堂，辛稼轩为记。"嘉靖《永丰县志》卷四《人物》："辛幼安名弃疾，其先历城人，后家铅山，往来于永丰博山寺，旧有辛稼轩读书堂。"

[2] 四之中：即前句所言"天地今古"四者之中。

[3] 臭腐神奇：《庄子·知北游》："故万物一也。是其所美者为神奇，其所恶者为臭腐；臭腐复化为神奇，神奇复化为臭腐。故曰，通天下一气耳。圣人故贵一。"

[4] 贵贱贤愚：白居易《浩歌行》："贤愚贵贱同归尽，北邙冢墓高嵯峨。"苏轼《任师中挽词》："贵贱贤愚同尽耳，君今不尽缘贤子。"

[5] 堆豗：无精打采。欧阳修《清明前一日韩子华以靖节斜川诗见招游李园既归遂苦风雨三日不能出穷坐一室家人辈

倒残壶得酒数杯泥深道路无人行去市又远索于筐筥,得枯鱼干虾数种,强饮疾醉昏然便寐既觉索然因书所见奉呈圣俞》:"三日不出门,堆几类寒鸦。"

[6] 苶飒:精神不振的样子。《南史·郑鲜之传》:"时傅亮、谢晦位遇日隆,范泰尝众中让诮鲜之曰:'卿与傅、谢俱从圣主有功关、洛,卿乃居僚首,今日苶飒,去人辽远,何不肖之甚。'鲜之熟视不对。"

[7] "有时"二句:李清照《声声慢》(寻寻觅觅):"三杯两盏淡酒,怎敌他、晚来风急。"蒙鸿:即鸿蒙,自然元气,宇宙形成之前的混沌状态。这里指眼睛模糊不清。

[8] 一百八盘:言世路曲折艰险。黄庭坚《竹枝词二首并跋》(其二):"浮云一百八盘萦,落日四十八渡明。"任渊注:"一百八盘及四十八渡,皆自峡州往黔中路名。"陆游《入蜀记》:"二十四日早抵巫山县……隔江南陵山极高大,有路如线,盘屈至绝顶,谓之一百八盘。"

水调歌头[1]

送施枢密圣与[2]帅江西。信之谶云："水打乌龟石[3]，方人也大奇。""方人也"实"施"字。

相公倦台鼎[4]，要伴赤松[5]游，高牙[6]千里东下，笳鼓万貔貅[7]。试问东山风月，更著中年丝竹，留得谢公[8]不？孺子宅边水，云影自悠悠[9]。

占古语，方人也，正黑头[10]。穹龟突兀，千丈石打玉溪[11]流。金印[12]沙堤[13]时节，画栋珠帘云雨[14]，一醉早归休。贱子亲再拜：西北有神州。

（《稼轩词》卷三）

注释

[1] 作于绍熙二年（1191）辛弃疾闲居带湖时。

[2] 施枢密圣与：《宋史·施师点传》："施师点字圣与，上饶人……（淳熙）十四年，除知枢密院事。"

[3] 水打乌龟石：《广信府志》："乌龟石在上饶西南五里，一名五桂山。谚云：水打乌龟石，信州出状元。"

[4] "相公"句：韩愈《送郑十校理得洛字》："相公倦台鼎，分正新邑洛。"台鼎：旧称三公为台鼎。

[5] 赤松：即赤松子，传说中的仙人。《史记·留侯世家》："今以三寸舌为帝者师，封万户，位列侯，此布衣之极，于良足矣。愿弃人间事，欲从赤松子游耳。"

[6] 高牙：即牙旗，以象牙装饰的大旗，因其高故名。此指高官的仪仗。

[7] 貔貅：猛兽，喻勇猛的军士。

[8] 谢公：这里指施圣与。

[9]"孺子"二句：东汉徐穉字孺子，南昌人。《太平寰宇记》云："洪州南昌县徐孺子宅，在州东北三里。孺子美梅福之德，于福宅东立宅。"王勃《滕王阁序》："人杰地灵，徐孺下陈蕃之榻。"《滕王阁》："闲云潭影日悠悠，物换星移几度秋。"

[10]黑头：言年少官位高。《世说新语·识鉴》："诸葛道明初过江左，自名道明，名亚王、庾之下。先为临沂令，丞相谓曰：明府当为黑头公。"

[11]玉溪：即信江，因源出怀玉山故称。

[12]金印：《汉书·百官公卿表》："相国、丞相，皆秦官，金印紫绶……"

[13]沙堤：《唐国史补》卷下载，宰相初拜，京兆使人载沙填路，自府第至城东街，此路名沙堤。

[14]"画栋"句：王勃《滕王阁》："滕王高阁临江渚，佩玉鸣鸾罢歌舞。画栋朝飞南浦云，珠帘暮卷西山雨。"

水调歌头[1]

赵昌父七月望日用东坡韵叙太白、东坡事见寄，过相褒借，且有秋水之约。八月十四日余卧病博山寺中，因用韵为谢，兼寄吴子似。

我志在寥阔，畴昔[2]梦登天。摩挲素月，人世俯仰已千年。有客骖鸾并凤，云遇青山、赤壁，相约上高寒[3]。酌酒援北斗[4]，我亦虱其间[5]。

少歌[6]曰："神甚放，形则眠。鸿鹄一再高举，天地睹方圆[7]。"欲重歌兮梦觉，推枕惘然独念：人事底亏全[8]？有美人可语，秋水隔婵娟[9]。

（《稼轩词》卷三）

注释

[1] 作于辛弃疾闲居瓢泉时。赵昌父：《漫塘文集》三十二《章泉赵先生墓表》："先生姓赵，讳蕃，字昌父……居信之玉山。曾祖旸……殁葬玉山之章泉，先生因家焉，故世号章泉先生。"赵昌父工诗，辛弃疾在《鹧鸪天·和章泉赵昌父》一词中，称他的诗"情味好，语言工"。用东坡韵：用苏轼《水调歌头》（明月几时有）的词韵。过相褒借：对我赞扬过甚。秋水之约：约会于瓢泉秋水堂。博山寺：在江西广丰县西南。吴子似：辛弃疾友人，即吴绍古，时任铅山县尉。

[2] 畴昔：昨晚。梦登天：《九章·惜诵》："昔余梦登天兮。"

[3] "有客"三句：有客乘鸾跨凤，约李白、苏轼登月游赏。客：指赵昌父。骖：古代驾车时位于两旁的马。青山：指李白，因李白死后葬于青山（今安徽当涂县）。赤壁：指苏轼。苏轼贬黄州，游赤壁，写有词赋。高寒：指月宫。苏轼《水调歌头》

（明月几时有）：“我欲乘风归去，又恐琼楼玉宇，高处不胜寒。”

[4] “酌酒”句：《九歌·东君》：“援北斗兮酌桂浆。”

[5] 虱其间：韩愈《泷吏》“得无虱其间，不武亦不文。”

[6] 少歌：小声吟唱。《九章·抽思》有“少歌”一词，王逸注云：“小吟讴谣以乐志也。少，亦作小。”

[7] “鸿鹄”二句：贾谊《惜誓》：“黄鹄之一举兮，知山川之纡曲；再举兮睹天地之圆方。”

[8] “欲重歌”三句：苏轼《水龙吟》（小舟横截春江）中有：“推枕惘然不见，但空江月明千里。”又苏轼《谢苏自之惠酒》：“醉者坠车庄生言，全酒未若全于天。达人本自不亏缺，何暇更求全处全。”

[9] “有美人”二句：杜甫《寄韩谏议》：“美人娟娟隔秋水，濯足洞庭望八荒。”美人：指吴子似。

水调歌头

题永丰杨少游提点一枝堂 [1]

万事几时足，日月自西东。无穷宇宙，人是一粟太仓中 [2]。一葛一裘经岁，一钵一瓶终日，老子旧家风 [3]。更着一杯酒，梦觉大槐宫 [4]。

记当年，吓腐鼠 [5]，叹冥鸿 [6]。衣冠神武门外，惊倒几儿童。休说须弥芥子 [7]，看取鲲鹏斥鷃，小大若为同 [8]？君欲论《齐物》 [9]，须访一枝翁。

（《稼轩词》卷三）

注释

[1] 作于辛弃疾闲居带湖时。永丰：县名，宋属信州。杨少游：事历不详。一枝堂：堂名。用《庄子·逍遥游》"鹪鹩巢于深林，不过一枝"之意。

[2] "无穷"二句：王勃《滕王阁序》："天高地迥，觉宇宙之无穷。"《庄子·秋水》："计中国之在海内，不似稊米之在太仓乎？"

[3] "一葛一裘"三句：《景德传灯录》："有僧问如何是和尚家风？（守清禅师）曰：'一瓶兼一钵，到处是生涯。'"韩愈《送石处士序》："冬一裘，夏一葛。"

[4] "梦觉"句：李公佐《南柯太守传》云，有淳于棼者，梦游槐安国，招为驸马，并出任南柯郡太守，凡二十余年。梦醒时日尚未斜，往寻梦中所至之地，则古槐一蚁穴。所谓南柯郡者，只是一南向的槐枝而已。

[5] 吓腐鼠：《庄子·秋水》："夫鹓鶵发于南海，而飞于北海，非梧桐不止，非练实不食，非醴泉不饮。于是鸱得腐鼠，

鹓鶵过之，仰而视之曰：‘吓！’"

[6] 叹冥鸿：扬雄《法言·问明》："鸿飞冥冥，弋人何篡焉？"

[7] 须弥芥子：《维摩诘经》卷中《不思议品》："若菩萨住是解脱者，以须弥之高广，内芥子中，无所增减。"须弥：山名，喻大。芥子：芥菜的种子，喻小。

[8] "看取"二句：《庄子·逍遥游》："有鸟焉，其名为鹏，背若泰山，翼若垂天之云，抟扶摇羊角而上者九万里……斥鷃笑之曰：‘彼且奚适也，我腾跃而上，不过数仞而下，翱翔蓬蒿之间，此亦飞之至也。而彼且奚适也？’此小大之辨也。"

[9] 论《齐物》：《庄子》有《齐物论》。

水龙吟 [1]

题雨岩。岩类今所画观音补陀。岩中有泉飞出,如风雨声。

补陀大士 [2] 虚空,翠岩谁记飞来处？蜂房万点,似穿如碍,玲珑窗户 [3]。石髓千年,已垂未落,嶙峋冰柱 [4]。有怒涛声远,落花香在,人疑是、桃源路 [5]。

又说春雷鼻息,是卧龙、弯环如许 [6]。不然应是,洞庭张乐,湘灵来去 [7]。我意长松,倒生阴壑,细吟风雨 [8]。竟茫茫未晓,只应白发,是开山祖 [9]。

（《稼轩词》卷五）

注释

[1] 作于辛弃疾闲居带湖游览博山之时。雨岩：在江西永丰县西博山山中。观音补陀：观音即观世音之略称,菩萨名,亦称观自在菩萨。自唐初避李世民讳,故省去"世"字,《法华经》："苦恼从生,一心称名,菩萨即时观其音声,皆得解脱,以是名观世音。"补陀：焚文音译,即补陀落伽山,佛经说是观音说法处。补陀,一般称为普陀,今浙江普陀东有普陀山,供奉有观音佛像。

[2] 补陀大士：指雨岩。虚空：凌空。翠岩：绝色的岩石,指雨岩。

[3] "蜂房"三句：雨岩像万点蜂房,各房相连又似相通,宛若一扇扇玲珑小窗。黄庭坚《题落星寺》："蜂房各自开户牖,蚁穴或梦封侯王。"

[4] "石髓"三句：千年石钟乳倒悬其间,如条条嶙峋的冰柱。石髓：即石钟乳。

[5] 桃源路：通向桃花源的路。陶渊明《桃花源记》："晋

太元中,武陵人捕鱼为业。缘溪行,忘路之远近。忽逢桃花林,夹岸数百步,中无杂树,芳草鲜美,落英缤纷。"

[6]"又说"二句:是说春雷一样的泉水声源于泉底卧龙的鼻息。韩愈《石鼎联句诗序》:"道士倚墙睡,鼻息如雷鸣。"

[7]"不然"三句:是说泉声像洞庭仙乐、湘灵鼓瑟。洞庭张乐:《庄子·天运》:"帝张咸池之乐于洞庭之野。"《楚辞·远游》:"使湘灵鼓瑟兮,令海若舞冯夷。"

[8]"我意"三句:是说泉声如风雨中山涧的松涛细吟微啸。

[9]"竟茫茫"三句:是说大自然美丽的奥秘茫茫难晓,我是首先有这种体验的白发之人。开山祖:佛教中称首先择山建寺的僧人为开山祖,后来泛指各行各业的首创者。

山鬼谣 [1]

雨岩有石，状甚怪，取《离骚》《九歌》，名曰山鬼，因赋《摸鱼儿》，改名《山鬼谣》。

问何年、此山来此？西风落日无语。看君 [2] 似是羲皇上，直作太初名汝 [3]。溪上路。算只有、红尘不到今犹古。一杯谁举？笑我醉呼君，崔嵬 [4] 未起，山鸟覆杯去。

须记取，昨夜龙湫 [5] 风雨。门前石浪 [6] 掀舞。四更山鬼吹灯 [7] 啸，惊倒世间儿女。依约处。还问我：清游杖屦公良苦 [8]。神交心许。待万里携君，鞭笞鸾凤，诵我《远游赋》 [9]。

（《稼轩词》卷五）

注释

[1] 作于辛弃疾闲居带湖时。山鬼谣：即《摸鱼儿》词调。据词序，雨岩有一巨大怪石，作者取《离骚·九歌·山鬼》之意，称怪石为"山鬼"，并将《摸鱼儿》调名改为《山鬼谣》。屈原《离骚·九歌》共十一篇，其中第九篇《山鬼》描写一位山中女神。

[2] 君：指怪石。羲皇上：即羲皇上人，伏羲氏以前的太古之人，此处谓怪石来历久远。

[3] 太初名汝：以"太初"来称你（指怪石）。古人认为，天地未分之前，元气混而为一，即是太初。

[4] 崔嵬：高大耸立，指怪石。

[5] 龙湫：即龙潭。上有瀑布、下有深潭谓之龙湫。

[6] 石浪：即词序中所称之怪石。作者词尾自注云："石浪，庵外巨石也，长三十余丈。"

[7] 山鬼吹灯：杜甫《移居公安山馆》："山鬼吹灯灭，厨

人语夜阑。"

　　[8]"依约处"三句：写怪石问候词人清游辛苦。依约处：依稀恍惚间。杖屦：登山所用竹杖麻鞋。

　　[9]"神交"四句：以怪石为契友，拟携石乘鸾驾凤作万里远游。神交心许：精神交流，心意互许。鞭笞鸾凤：鞭策鸾凤，指乘鸾驾凤，遨游太空。《远游赋》:《远游》,《楚辞》篇名，这里代指辛弃疾词作。

丑奴儿近

博山道中效李易安体 [1]

千峰云起，骤雨一霎儿价 [2]。更远树斜阳，风景怎生 [3] 图画。青旗 [4] 卖酒，山那畔别有人家。只消山水光中，无事过这一夏。

午醉醒时，松窗竹户，万千潇洒。野鸟飞来，又是一般闲暇。却怪白鸥，觑着人欲下未下。旧盟 [5] 都在，新来莫是，别有说话？

（《稼轩词》卷六）

注释

[1] 作于辛弃疾闲居带湖时。博山：《舆地纪胜》："博山在永丰西二十里，古名通元峰，以形似庐山香炉峰，故改今名。"李易安：李清照，号易安居士，山东济南人，北南宋之交的著名女词人，有《漱玉词》传世。其词婉约清丽，"用浅俗之语，发清新之思"（彭逖孙《金粟词话》），人称"易安体"。

[2] 一霎儿价：一会儿。李清照《行香子》（草际鸣蛩）："甚霎儿晴，霎儿雨，霎儿风。"

[3] 怎生：怎么，宋时口语。李清照《声声慢》（寻寻觅觅）："独自怎生得黑？"

[4] 青旗：古代酒店多用青色布招为标记，亦称青帘。

[5] 旧盟：作者初归带湖之时，曾写有《水调歌头·盟鸥》，表示要和鸥鸟"既盟之后，来往莫相猜"。

江神子

博山道中书王氏壁 [1]

一川松竹任横斜。有人家，被云遮[2]。雪后疏梅、时见两三花。比着桃源溪上路，风景好，不争些[3]。

旗亭有酒径须赊。晚寒咱，怎禁他[4]。醉里匆匆、归骑自随车。白发苍颜吾老矣，只此地，是生涯。

（《稼轩词》卷七）

注释

[1] 作于辛弃疾闲居带湖时。

[2] "有人家"二句：杜牧《山行》："远上寒山石径斜，白云生处有人家。"

[3] "比着"三句：言博山道上的景色不比桃源溪路上的景色差。陶渊明《桃花源记》："晋太元中，武陵人捕鱼为业。缘溪行，忘路之远近。忽逢桃花林。夹岸数百步，中无杂树，芳草鲜美，落英缤纷。"不争些：不差些；差不多。

[4] "旗亭"三句：言赊酒以御晚寒。旗亭：指酒楼。

江神子

送元济之归豫章 [1]

乱云扰扰水潺潺，笑溪山，几时闲？更觉桃源 [2]、人去隔仙凡。万壑千岩 [3] 楼外雪，琼作树，玉为栏。

倦游回首且加餐 [4]。短蓬寒，画图间。见说娇鬟、拥髻 [5] 待君看。二月东湖 [6] 湖上路，官柳嫩，野梅残 [7]。

(《稼轩词》卷七)

注释

[1] 据邓广铭先生考证，此词作于绍熙之后（辛弃疾闲居瓢泉期间）。元济之：生平不详。豫章：今江西南昌。

[2] 桃源：地名。据辛弃疾自注云："桃源乃王氏酒垆，与济之作别处。"

[3] 万壑千岩：《世说新语·言语》："千岩竞秀，万壑争流，草木蒙笼其上，若云兴霞蔚。"

[4] 加餐：《古诗十九首》（其一）："弃捐勿复道，努力加餐饭。"

[5] 拥髻：捧持发髻。《赵飞燕外传》附《伶玄自叙》：伶玄"买妾樊通德，颇能言赵飞燕姊弟事。通德占袖顾视烛影，以手拥髻，凄然泣下，不胜其悲。"

[6] 东湖：在今江西南昌市。

[7] "官柳"二句：杜甫《西郊》："市桥官柳细，江路野梅香。"

行香子

博山戏呈赵昌甫、韩仲止 [1]

少日尝闻："富不如贫。贵不如贱者长存 [2]。"由来至乐，总属闲人。且饮瓢泉，弄秋水，看停云 [3]。

岁晚情亲 [4]，老语 [5] 弥真。记前时劝我殷勤："都休殢酒，也莫论文。把《相牛经》[6]，种鱼法 [7]，教儿孙。"

（《稼轩词》卷七）

注释

[1] 此词作于辛弃疾闲居带湖时。

[2] "富不如贫"二句：《后汉书·逸民列传》："向长字子平，河内朝歌人也。……潜隐于家。读《易》至《损》《益》卦，喟然叹曰：'吾已知富不如贫，贵不如贱，但未知死何如生耳。'"

[3] 秋水、停云：均为辛弃疾瓢泉居处之堂名，即秋水堂、停云堂。

[4] 岁晚情亲：杜甫《奉简高三十五使君》："行色秋将晚，交情老更亲。"

[5] 老语：苏轼《和犹子迟赠孙志举》："诗词各璀璨，老语徒周谆。"

[6]《相牛经》：《唐书·艺文志》有宁戚所作《相牛经》一卷。《世说新语·汰侈》注引《相牛经》曰："牛经出宁戚，传百里奚。汉世河西薛公得其书，以相牛，千百不失。"

[7] 种鱼法：陶朱公有《养鱼经》，后人假托之作。

定风波

用药名招婺源马荀仲游雨岩。马善医 [1]

山路风来草木香。雨余凉 [2] 意到胡床。泉石膏肓吾已甚 [3]，多病，堤防风月 [4] 费篇章。

孤负寻常山简醉 [5]，独自，故应知子 [6] 草玄忙。湖海早知 [7] 身汗漫，谁伴？只甘松竹 [8] 共凄凉。

（《稼轩词》卷八）

注释

[1] 此词作于辛弃疾闲居带湖时。用药名：此词中嵌有木香、雨余凉（禹余粮）、石膏、防风、常山、知（栀）子、海早（藻）、甘松等中药名。马荀仲：事历不详。

[2] 木香、雨余凉：中药木香、禹余粮之名。胡床：一种可以折叠的轻便坐具。

[3] "泉石"句：《新唐书·田游岩传》："入箕山，居许由祠旁，自号曰'由东邻'……高宗幸嵩山……亲至其门，游岩野服出拜……谓曰：'先生比佳否？'答曰：'臣所谓泉石膏肓，烟霞痼疾者。'"泉石膏肓：含有中药名"石膏"。

[4] 堤防风月：其中含有中药名"防风"二字。

[5] 孤负寻常山简醉：其中含有中药名"常山"二字。

[6] 知子：音同中药名"栀子"。草玄：指扬雄作《太玄经》。《汉书·扬雄传》："以为经莫大于《易》，故作《太玄》。"

[7] 湖海早知：内含中药名"海早（藻）"二字。汗漫：散漫无定。

[8] 只甘松竹：内含中药名"甘松"二字。

定风波

再和前韵，药名[1]

仄月高寒水石乡，倚空青碧对禅房。白发自怜心似铁，风月，使君子细与平章[2]。

平昔生涯筇[3]竹杖，来往，却惭沙鸟笑人忙。便好剩留[4]黄绢句，谁赋，银钩[5]小草晚天凉。

（《稼轩词》卷八）

注释

[1] 此词作年莫考。药名：词中嵌有寒水石、空青、发自（法子，即半夏）、怜（莲）心、使君子、筇竹、惭（蚕）沙、留（硫）黄、小草（即远志）等药名。

[2] 君：指友人马荀仲。平章：品评。

[3] 筇：竹名，可作手杖。

[4] 剩留：即多留。黄绢句：即"黄绢幼妇，外孙齑臼"八字，为"绝妙好辞"之隐语。

[5] 银钩：形容书法笔姿之遒劲。《晋书·索靖传》："盖草书之为状也，婉若银钩，漂若惊鸾。"留黄、小草，即硫黄、远志，两种中药。

定风波

施枢密圣与席上赋 [1]

春到蓬壶 [2] 特地晴，神仙队里相公行，翠玉相挨呼小字，须记，笑簪花底是飞琼 [3]。

总是倾城来一处，谁妒？谁携歌舞到园亭？柳妒腰肢花妒艳，听看，流莺直是妒歌声 [4]。

（《稼轩词》卷八）

注释

[1] 作于绍熙元年（1190）辛弃疾闲居带湖时。施枢密圣与：见前《水调歌头》（相公倦台鼎）注 [2]。

[2] 蓬壶：《拾遗记》："三壶，即海中三山也：一曰方壶，即方丈也；二曰蓬壶，即蓬莱也；三曰瀛壶，即瀛洲也。"此处借指施圣与的园亭。

[3] 飞琼：仙女名，即许飞琼，西王母之侍女。

[4] "流莺"句：韩愈《和武相公早春闻莺》："春风红树惊眠处，似妒歌童作艳声。"

蝶恋花

月下醉书雨岩石浪 [1]

九畹 [2] 芳菲兰佩好，空谷 [3] 无人，自怨峨眉巧 [4]。宝瑟泠泠千古调，朱丝弦断知音少 [5]。

冉冉年华吾自老 [6]。水满汀洲，何处寻芳草？唤起湘累 [7] 歌未了，石龙 [8] 舞罢松风晓。

（《稼轩词》卷八）

注释

[1] 此词作于辛弃疾闲居带湖时。雨岩：见前《念奴娇》（近来何处）注 [1]。石浪：巨大怪石。见前《山鬼谣》（问何年）注 [6]。

[2] 九畹：屈原《离骚》："余既滋兰之九畹兮，又树蕙之百亩。"九畹：言地亩之广。古时以十二亩为一畹。兰佩：佩兰为饰。《离骚》："纫秋兰以为佩。"

[3] 空谷：杜甫《佳人》："绝代有佳人，幽居在空谷。"

[4] "自怨"句：《离骚》："众女嫉余之蛾眉兮，谣诼谓余以善淫。"蛾眉巧：形容女子长得美丽妖娆。

[5] "宝瑟"二句：言瑟音清越，但缺少知音。泠泠：流水清越的声音。朱丝弦断：杜甫《寄岳州贾司马六丈巴州严八使君两阁老五十韵》："朱丝有断弦。"岳飞《小重山》（昨夜寒蛩）："欲将心事付瑶琴。知音少，弦断有谁听。"

[6] "冉冉"句：《离骚》："老冉冉其将至兮，恐修名之不立。"冉冉：渐渐。

[7] 湘累：扬雄《反离骚》："钦吊楚之湘累。"注："诸不以罪死曰累……屈原赴湘死，故曰湘累。"

[8] 石龙：此处代指题中所言之石浪。

蝶恋花

用前韵，送人行 [1]

意态憨生元自好。学画鸦儿，旧日偏他巧 [2]。蜂蝶不禁花引调 [3]，西园人去春风少。

春已无情秋又老。谁管闲愁，千里青青草 [4]。今夜倩簪黄菊了，断肠明月霜天晓。

（《稼轩词》卷八）

注释

[1] 此词作期同上首。用前韵：用上首词韵。

[2] "意态"三句：《隋遗录》："炀帝幸江都，洛阳人献合蒂迎辇花，帝令御车女袁宝儿持之，号曰司花女。时诏虞世南草《征辽指挥德音敕》于帝侧，宝儿注视久之，帝谓世南曰：'昔传飞燕可掌上舞，朕常谓儒生饰于文字，岂人能若是乎？及今得宝儿，方昭前事。然多憨态。今注目于卿，卿才人，可便嘲之。'世南应诏为绝句曰：'学画鸦黄半未成，垂肩亸袖太憨生。缘憨却得君王惜，长把花枝傍辇行。'"苏轼《浣溪沙·赠楚守田待制小鬟》："学画鸦儿正妙年。"鸦儿，即鸦黄，女子涂额用的黄色化妆粉。

[3] 引调：引动，引惹。黄庭坚《归田乐令》："引调得，甚近日心肠不恋家。宁宁地，思量他，思量他。"

[4] "千里"句：《后汉书·五行志·谣》："献帝践祚之初，京都童谣曰：'千里草，何青青。十日卜，不得生。'"按："千里草"为"董"字，"十日卜"为"卓"字。疑辛弃疾此词为董姓侍者而作。

蝶恋花 [1]

洗尽机心 [2] 随法喜。看取尊前，秋思如春意。谁与先生宽发齿 [3]，醉时唯有歌而已。

岁月何须溪上记。千古黄花，自有渊明比。高卧石龙呼不起 [4]，微风不动天如醉 [5]。

（《稼轩词》卷八）

注释

[1] 约作于淳熙九年（1182）辛弃疾闲居带湖之初。

[2] 机心：智巧变诈之心。法喜：佛教术语，意为见佛法而生喜欢。《维摩诘所说经·佛道品》："法喜以为妻，慈悲心为女。"苏轼《和渊明止酒并引》："子室有孟光，我室惟法喜。"

[3] 宽发齿：即宽延齿落发白之期，亦即延年益寿之意。人老则齿落发白，故多用齿发为年龄象征。

[4] "高卧"句：苏轼《寄吴德仁兼简陈季常》："溪堂醉卧呼不醒，落花如雪春风颠。"石龙，指雨岩石浪。

[5] "微风"句：黄庭坚《二月丁卯喜雨吴体为北门留守文潞公作》："微风不动天如醉，润物无声春有功。"

蝶恋花 [1]

何物能令公怒喜 [2]？山要人来，人要山无意。恰似哀筝弦下齿，千情万意无时已。

自要溪堂 [3] 韩作记。今代机云 [4]，好语花难比。老眼狂花空处起，银钩 [5] 未见心先醉。

（《稼轩词》卷八）

注释

[1] 此词作期同上首，用上首同韵。

[2] "何物"句：《世说新语·宠礼》："王珣、郗超并有奇才，为大司马所眷拔。珣为主簿，超为记室参军。超为人多髯，珣状短小，于时荆州为之语曰：'髯参军，短主簿，能令公喜，能令公怒。'"

[3] 溪堂：指韩愈作《郓州溪堂诗》。韩作记：这里指韩元吉为作者写的《稼轩记》。

[4] 今代机云：用二陆比二韩。韩元吉从兄韩元龙字子云，仕终直龙图阁，浙西提刑，与韩元吉俱以文字显名于当世，故辛弃疾比之为陆机和陆云。

[5] 银钩：一种草书字体。《书苑》："晋索靖草书绝代，名曰银钩虿尾。"白居易《鸡距笔赋》："搦之而变成金距，书之而化作银钩。"

鹧鸪天

博山寺作 [1]

不向长安路上行，却教山寺厌逢迎。味无味 [2] 处求吾乐，材不材间 [3] 过此生。

宁作我 [4]，岂其卿 [5]。人间走遍却归耕 [6]。一松一竹真朋友 [7]，山鸟山花好弟兄 [8]。

（《稼轩词》卷九）

注释

[1] 此词作于辛弃疾闲居带湖时。博山寺：见前《水调歌头》（头白齿牙缺）注 [1]。

[2] 味无味：《老子·六十三章》："为无为，事无事，味无味。"

[3] 材不材间：《庄子·山木》："明日，弟子问于庄子曰：'昨日山中之木，以不材得终其天年，今主人之雁，以不材死，先生将何处？'庄子笑曰：'周将处乎材与不材之间。'"

[4] 宁作我：《世说新语·品藻》："桓公（温）少与殷侯（浩）齐名，常有竞心。桓问殷：'卿何如我？'殷云：'我与我周旋久，宁作我。'"

[5] 岂其卿：岂可依附公卿而求名。扬雄《法言·问神》："谷口郑子真不屈其志，而耕乎岩石之下，名震于京师。岂其卿，岂其卿！"

[6] "人间"句：苏轼《江神子》："梦中了了醉中醒。只渊明。是前生。走遍人间，依旧却躬耕。"

[7] "一松"句：元结《丐论》："古人乡无君子，则与云山为友；里无君子，则与松竹为友；座无君子，则与琴酒为友。"

[8] "山鸟"句：杜甫《岳麓山道林二寺行》："一重一掩吾肺腑，山鸟山花吾友于。"此用"友于"，兄弟之代词也。

鹧鸪天

代人赋 [1]

陌上柔桑破嫩芽，东邻蚕种已生些 [2]。平冈细草鸣黄犊，斜日寒林点暮鸦。

山远近，路横斜。青旗沽酒有人家。城中桃李愁风雨，春在溪头荠菜花。

（《稼轩词》卷九）

注释

[1] 此词作于辛弃疾闲居带湖时。

[2] 蚕种已生些：蚕种已孵化出一些幼蚕。

玉楼春 [1]

席上赠别上饶黄倅。巃嵸，雨岩堂名。通判雨，当时民谣。吏垂头，亦渠摄郡时事。

往年巃嵸堂前路，路上人夸通判雨。去年挂杖过瓢泉，县吏垂头民笑语。

学窥圣处文章古 [2]，清到穷时风味苦。尊前老泪不成行，明日送君天上去 [3]。

（《稼轩词》卷十）

注释

[1] 此词作于约淳熙末年（1189）辛弃疾闲居上饶时。黄倅：名籍事历不详，州郡长官的副职。

[2] "学窥"句：言友人造诣深，文章写得好，有古人质朴之风。窥：窥见，达到。

[3] "明日"句：送君青云直上。

鹊桥仙

己酉山行书所见 [1]

松冈避暑，茅檐避雨，闲去闲来几度 [2]。醉扶怪石 [3] 看飞泉，又却是、前回醒处。

东家娶妇，西家归女 [4]，灯火门前笑语。酿成千顷稻花香，夜夜费、一天风露。

（《稼轩词》卷十）

注释

[1] 作于淳熙十六年（1189）辛弃疾闲居带湖时。己酉：即淳熙十六年。

[2] 几度：几回。

[3] 怪石：指博山"雨岩"。辛弃疾《山鬼谣》小序云："雨岩有石，状甚怪……"又，《水龙吟》（补陀大士虚空）小序云："岩中有泉飞出，如风雨声。"

[4] 归女：嫁女。《诗·周南·桃夭》："之子于归，宜其室家。"

西江月

遣兴 [1]

　　醉里且贪欢笑，要愁那得功夫。近来 [2] 始觉古人书，信着全无是处。

　　昨夜松边醉倒，问松我醉何如？只疑松动要来扶，以手 [3] 推松曰去！

（《稼轩词》卷十）

注释

[1] 此词作于辛弃疾闲居带湖时。

[2] "近来"二句：《孟子·尽心下》："尽信书，则不如无书。"

[3] "以手"句：《汉书·龚胜传》："博士夏侯常见胜应禄不和，起至胜前谓曰：'宜如奏所言'。胜以手推常曰：'去！'"

清平乐

博山道中即事 [1]

柳边飞鞚 [2]，露湿征衣重。宿鹭窥沙孤影动，应有鱼虾入梦。

一川明月疏星，浣沙人影娉婷。笑背行人归去，门前稚子啼声。

（《稼轩词》卷十）

注释

[1] 此词作于淳熙十四年（1187）前后辛弃疾闲居带湖时。辛弃疾闲居上饶时，曾多次游览此山，并写了多首脍炙人口的纪游词，这首《清平乐·博山道中即事》即其中之一，所写皆沿途夜景。词的篇幅虽然很短，但意境清新，语言淡朴，别见幽情奇趣，具有很高的审美价值。

[2] 鞚：马笼头，此处指马。

清平乐

村居 [1]

茅檐低小，溪上青青草。醉里吴音 [2] 相媚好，白发谁家翁媪？

大儿锄豆溪东，中儿正织鸡笼。最喜小儿亡赖 [3]，溪头卧剥莲蓬。

（《稼轩词》卷十）

注释

[1] 此词作于辛弃疾闲居带湖最初三年之内。

[2] 吴音：信州旧属吴地，故称吴音。

[3] 亡赖：《汉书·高帝纪》："始大人常以臣亡赖，不能治产业……"注云："江淮之间，谓小儿多诈、狡狯为亡赖。"亡赖，原意为无聊，此处引申为顽皮。

清平乐

独宿博山王氏庵 [1]

绕床饥鼠，蝙蝠翻灯舞。屋上松风吹急雨，破纸窗间自语。

平生塞北 [2] 江南，归来华发苍颜。布被秋宵梦觉，眼前万里江山。

（《稼轩词》卷十）

注释

[1] 此词作于淳熙十四年（1187）前后辛弃疾闲居带湖时。王氏庵：王家的小茅屋。

[2] 塞北：辛弃疾于南归前，曾两随计吏北抵燕山，见《进〈美芹十论〉札子》，此当为辛弃疾足迹所至最北之地，亦即此处所指之塞北。

丑奴儿

书博山道中壁^[1]

烟芜露芰荒池柳，洗雨烘晴^[2]。洗雨烘晴，一样春风几样青。

提壶脱袴催归^[3]去，万恨千情。万恨千情，各自无聊各自鸣。

（《稼轩词》卷十一）

注释

[1] 此词作于辛弃疾闲居带湖时。

[2] 烘晴：天晴如火。

[3] 提壶、脱袴、催归：均为鸟名，都以其鸣声而得名。苏轼《五禽言五首并叙》（其二）："昨夜南山雨，西溪不可渡。溪边布谷儿，劝我脱破袴。"自注："土人谓布谷为脱却破袴。"

丑奴儿 [1]

此生自断天休问 [2]，独倚危楼。独倚危楼，不信人间别有愁。

君来正是眠时节，君且归休 [3]。君且归休，说与西风一任秋。

（《稼轩词》卷十一）

注释

[1] 此词作于辛弃疾闲居带湖时。

[2] "此生"句：杜甫《曲江三章章五句》（其三）："自断此生休问天，杜曲幸有桑麻田。"

[3] "君来"二句：《宋书·陶潜传》："贵贱造之者，有酒辄设，潜若先醉，便语客：'我醉欲眠，卿可去。'"《庄子·逍遥游》："归休乎君，予无所用天下为。"

丑奴儿

书博山道中壁 [1]

少年不识愁滋味，爱上层楼。爱上层楼，为赋新词强说愁。

而今识尽愁滋味，欲说还休 [2]。欲说还休，却道天凉好个秋。

（《稼轩词》卷十一）

注释

[1] 此词作于辛弃疾闲居带湖时。

[2] 欲说还休：李清照《凤凰台上忆吹箫》："生怕闲愁暗恨，多少事欲说还休。"

浣溪沙 [1]

偕杜叔高、吴子似宿山寺戏作 [1]

花向今朝粉面匀，柳因何事翠眉颦？东风吹雨 [2] 细于尘。

自笑好山如好色 [3]，只今怀树更怀人，闲愁闲恨一番新。

（《稼轩词》卷十一）

注释

[1] 此词作于庆元六年（1200）辛弃疾闲居铅山瓢泉时。杜叔高：即杜斿，字叔高。1189 年，杜斿从故乡金华到 300 里之外的上饶，拜访罢官闲居的辛弃疾，两人一见如故，相处极为欢洽。1200 年，杜斿再次拜访辛弃疾，相得甚欢。杜斿两次拜访，辛与之宴游与赠答，存词 12 首，诗 2 首。吴子似：见前《水调歌头》（我志在寥阔）注 [1]。

[2] 东风吹雨：卢纶《长安春望》："东风吹雨过青山，却望千门草色闲。"

[3] 好山如好色：《论语·子罕》："吾未见好德如好色者也。"此处化用孔子语。苏轼《自径山回得吕察推诗用其韵招之宿湖上》："多君贵公子，爱山如爱色。"

浣沙溪^[1]

歌串如珠^[2]个个匀，被花勾引笑和颦，向来惊动画梁尘^[3]。

莫倚笙歌多乐事，相看红紫又抛人，旧巢还有燕泥新。

（《稼轩词》卷十一）

注释

[1] 此词作于庆元六年（1200）辛弃疾闲居铅山瓢泉时。

[2] 歌串如珠：白居易《寄明州于驸马使君三绝句》（其三）："何郎小妓歌喉好，严老呼为一串珠。"自注："严尚书与于驸马诗云：莫惜歌喉一串珠。"

[3] "向来"句：陆机《拟东城一何高》："一唱万夫叹，再唱梁尘飞。"刘向《别录》："善歌者鲁人虞公，发声清哀，盖动梁尘。"向来：即"适来""适才"之意。

浣沙溪^[1]

父老争言雨水匀，眉头不似去年蹙，殷勤谢却瓯中尘^[2]。

啼鸟有时能劝客，小桃无赖已撩人，梨花也作白头新^[3]。

（《稼轩词》卷十一）

注释

[1] 此词作于庆元六年（1200）辛弃疾闲居铅山瓢泉时。

[2] 瓯中尘：《后汉书·独行列传·范冉》："范冉字史云，陈留外黄人也。……桓帝时，以冉为莱芜长……所止单陋，有时粮粒尽，穷居自若，言貌无改，闾里歌之曰：瓯中生尘范史云，釜中生鱼范莱芜。"

[3] 白头新：《史记·鲁仲连邹阳列传》："有白头如新，倾盖如故。"

点绛唇^[1]

留博山寺，闻光风主人^[2]微恙而归，时春涨断桥。

隐隐轻雷，雨声不受春回护^[3]。落梅如许，吹尽墙边去。

春水无情，碍断溪南路^[4]。凭谁诉？寄声传语，没个人知处。

（《稼轩词》卷十二）

注释

[1] 此词作于辛弃疾闲居带湖时。

[2] 光风主人：未详。

[3] 回护：袒护，回避。《宋史·王希吕传》："天性刚劲，遇利害无回护意，惟是之从。"

[4] "春水"二句：即词序中所云"春涨断桥"。

点绛唇^[1]

身后虚名，古来不换生前醉。青鞋自喜，不踏长安市^[2]。

竹外僧归，路指霜钟寺^[3]。孤鸿起，丹青手里，剪破松江水^[4]。

（《稼轩词》卷十二）

注释

[1] 此词作于辛弃疾闲居带湖时。

[2] 长安市：泛指国都。此处指南宋都城临安。

[3] 霜钟寺：张继《枫桥夜泊》："月落乌啼霜满天，江枫渔火对愁眠。姑苏城外寒山寺，夜半钟声到客船。"

[4] "丹青"二句：杜甫《戏题王宰画山水图歌》："焉得并州快剪刀，翦取吴淞半江水。"

生查子

独游雨岩 [1]

溪边照影行，天在清溪底。天上有行云，人在行云里。
高歌谁和余？空谷清音 [2] 起。非鬼亦非仙 [3]，一曲
桃花水 [4]。

（《稼轩词》卷十二）

注释

[1] 此词作于辛弃疾闲居带湖时。

[2] 清音：指作者自己在山谷中唱歌的回声，亦指山谷中
的流水声。左思《招隐》："山水有清音。"

[3] 非鬼亦非仙：苏轼《夜泛西湖五绝》（其五）："湖光
非鬼亦非仙，风恬浪静光满川。"

[4] 桃花水：《水衡记》："黄河水，二月三月名桃花水。"
王维《桃源行》："当时只记入山深，青溪几度到云林。春来
遍是桃花水，不辨仙源何处寻。"

无异禅师诗

无异元来（1575—1630）

　　明朝博山能仁禅寺住持，元来禅师堪称博山寺中兴祖师，曹洞宗三十二世祖。名元来，受戒云栖，又名大舣，字无异，安徽舒城人，俗姓沙。少为举业，十六岁在南京瓦官寺听讲《法华经》而向佛。后在五台山薙染出家，修习天台止观。五年后，慕名来江西新城峨峰，原拟拜无明慧经为师，但见其貌似农人，故未停留，去福建白云峰诛茅潜修三年，初得证悟。遂返新城寿昌寺，受慧经之嘱，苦参深究"看藏身没踪迹"之话头，后见人上树而大悟，得印可，授以心法，为曹洞宗第三十二世传人。此后，受师命为首座。次年，至鹅湖寺访袾宏和尚弟子养庵广心禅师，受"菩萨毗尼"。后三礼云栖，还入闽，广文余崇庆重茧请之，遂至信州，居西岩祖印院四十余日。万历三十年（1602），主博山能仁禅寺法席。入院之初，见故德韶国师道场荒废日久，后竭力修建，至寺宇大体恢复之时，又改往福建，先后住建州董岩、仰山。天启七年（1627），入住福州鼓山涌泉寺，苦心经营初具规模后将其交师弟元贤住持，改往金陵天界寺。不久返回再主博山法席。二度主法博山，力弘曹洞法门，禅律并行，禅教兼重，并有所创新，大弘禅化，望风归学者数以千计。其门徒甚众，如长庆道独、雪磵道奉、雪关智闇等，皆成为明末至清代曹洞宗大师，弘法于赣、粤、浙、闽等处，后人称之为慧经禅师寿昌一支的博山法系，无异元来亦为自己所立博山法系，定出辈分二十字，为：元道弘（宏）传一，心光普照通，祖师隆法印（眼）、永博寿昌宗。自此，博山法系遵此法号世代相延承。崇祯三年（1630），无异元来在博山能仁寺圆寂，奉全身塔于博山栖凤岭之阳。

元来禅师著有《宗教通说》《参禅警语》等行世。他的《参禅警语》，言简意赅，言无虚发，对如何参禅、做功夫，作了中肯的开示，堪称崇道者"参禅指南"。《博山无异禅师广录》三十五卷，又名《无异元来禅师广录》（明无异元来撰，弘瀚、弘裕合编），清康熙十年（1671）刊行。内容集结无异元来禅师语录之大成，收在《嘉兴藏》（新文丰版）第四十册、《禅宗全书》第五十六册。

第二辑 无异禅师诗

上寿昌和尚七十

寿昌一片闲田地，荆棘锄翻行树植。

玉叶金茎遍世间，祥云五色如绮织。

霭霭毫光亘十方，白乳香糜意味长。

沾着唇吻生白醭，铁额铜头颇厮当。

五十年前亲蕴造，翠霭山中穷大好。

自言逄着赤珊瑚，元是峨峰地上草。

我曾忙向个中亲，撮摩如锦复如云。

崖柴不是闲相识，始信寒岩别有春。

龙象蹴踏环麟凤，俊鹘天驹非释种。

后园独羡老驴鸣，啮草攒蹄不受控。

一声犍椎法门开，衲子如云辐辏来。

玉锁金匙挑不出，大海须弥只一埃。

今年七十悬弧度，通衢独踞白牛轳。

招手扬声换不回，伏藏家珍胡足数。

触处开山非聚粮，峻岭平原尽宝方。

丛林剩有金银气，法界惟闻优钵香。

上峰顶和尚七十

鹅湖山高云艳奕，如盖如幢金蕊色。

照世明灯坐道场，一道灵光烛天北。

独步寰中意自殊，南方知识迥良模。

推开辨老门前臼，夺得兰公肘后符。
梅花枝上露消息，倒跨燕都神骏逸。
金钩海底钓鲸飞，天目峰头银浪激。
归来占断白云春，饭糇羹藜绝四邻。
德比黄梅躬饷母，诗同慈觉劝尊亲。
天生纯孝既如此，等视众生犹一子。
开堂法乳润枯松，说戒金鳞跃芳渚。
英标衲子竞瞻光，三尺黑蚖鞭四方。
未过黄龙关可否，先知伯乐马骊黄。
今年七十从心度，半倍赵州花甲数。
使得时辰珠走盘，吞干日月壶县树。
眉毛似雪画难传，万仞须弥耸巨川。
拟同嵩少追芳躅，笑与支那较大千。

寿怀白禅人

襟怀清白佛家风，器界情深境象同。
一带晴岚无限乐，彩云斜罩妙高峰。
劈破妙高峰顶色，灵源倒吸黄河竭。
明暗交参互换机，分明两口一无舌。
春来都放一般花，遍界浑敷智慧芽。
莫道出关行路险，岭头足破有玄沙。
佛缘自古闽中有，明月光含狮子吼。
要识灵山老比丘，也须格外翻筋斗。
禅者忻逢不惑年，鼻头懒拭俗人前。
生平只解居山好，佛法应知在镬边。

锄头竖起知轻重，锄声惊破居山梦。
醒来不似旧时人，才方举起眉毛痛。
我将此语祝长生，东土西天路坦平。
佛祖场中戈不展，传灯永载丈夫名。

寿清溪居士

瓶盂几入樵阳城，入境早闻居士名。
居士慧风拂人面，邂逅始舒眉上衡。
我曾说与修行要，玄源不向别人讨。
根境门头着眼看，衣中夺出传家宝。
惯放沩山大白牛，溪南溪北恣优游。
家常田地都耕遍，剩有烟云一带秋。
去年七十悬弧度，海上仙来夸步武。
愧我不曾预法筵，为君重说云门普。
凿开混沌露空青，两手殷勤握曜灵。
真珠收向皮囊里，谁道山河碍眼睛。
他人贺十我贺一，我贺八十人贺七。
待君百岁作长篇，再把真诠通秘密。

寿东湖居士

水兮流聚阆浮东，湖光荡漾吞苍穹。
终朝云气腾霄汉，瑞日祥风启太蒙。
居士晨餐仙掌露，爱向禅门听法语。

皓然须鬓尚乾乾，梦幻身心方栩栩。

一声佛号震如雷，识境根尘当下隳。

不问娑婆及净土，何妨城市与山隈。

今年八十复有一，拄杖横挑消白日。

逢人多说聚沙缘，贝叶昙花俱备悉。

我为居士祝长生，雪岭云山路坦平。

顶门突出金刚眼，万仞岩头撒手行。

脚跟不踏无明草，旋身始觉虚空小。

无边刹海一毫端，水底珊瑚和月皎。

寿舒城芝泉孔君

芝翁是我邻家伯，三十余年弹指隔。

乡国天涯自古愁，清欢那记身为客。

偶得乡人音信通，逢人先问老年翁。

曲指才方一二过，忽然如对芝翁容。

翁年八十悬弧度，德泽如春滋雨露。

我本限山傍水僧，劳书千里来相顾。

读翁书罢瑞云开，云里仙人度索来。

合掌殷勤乞我语，不辞鄙句为翁裁。

愿翁愈寿愈矍铄，如岗如陵复如岳。

挑云拄杖一身闲，鹤发童颜谁可学。

我卜归期限十年，寿翁九十我居先。

倘逢他事相违约，定是还翁百岁篇。

寿庐山印心法师

江浙从来称法窟，象龙生具黄金骨。

烂翻贝叶乱天花，闪烁毫光无自忽。

凌霄岩畔古今传，养就金毛势力全。

倒跨匡庐成底事，千寻瀑布注灵源。

缘生耳顺逢初度，一周甲子从头数。

微尘量尽不思议，豁尔山河无寸土。

幻影沤花视此身，圆明根境不沾尘。

越山吴水呈清供，永庆长生不老人。

寿余文台居士

三台之上紫云旋，瑞气祥光彻大千。

露滴化城肥忍草，风生火宅绽青莲。

牛车倒跨通衢坐，尘缘眼底浮云过。

信步经行适野情，随时粥饭称功课。

今年六十悬弧度，日用堂堂大觉路。

彻骨清风透胆寒，如意明珠全体露。

世念寥寥冷若灰，森罗万象竞趋陪。

抬头喜看三峰月，阴树幽禽接翅回。

美髯朱颜多笑语，烟云敛向眉端许。

不拘真俗话无生，二谛何妨颠倒举。

谩将年腊记长庚，数尽尘沙道愈明。

今日与君亲说破，来时古路坦然平。

寿方时生居士

我昔亲游桐子国，霭霭祥光多硕德。

簪缨绵亘万千秋，阴骘文章相绍克。

踪迹曾登月上庵，传闻仍得君为檀。

勇力深缘三昧乐，何妨废寝与忘餐。

今年不惑悬弧度，拨尘喜见龙眠路。

龙眠路上草芊芊，寂住峰头不记年。

眼底青山多峭壁，脚跟流水尽潺湲。

潺湲流水君常奏，长龄应会体中玄。

寿余夫人

洪畴五福先称寿，真人无位须亲究。

根尘界里见分明，弥满乾坤非渗漏。

一道灵光万境闲，梦回端不是人间。

霜清月冷炉烟馥，剩有芙蓉带露寒。

今年五十逢初度，严净毗尼乘戒住。

不须仙母庆长龄，家庭变作明珠库。

明珠宝藏用无穷，机感临时触处通。

寿量谁能分甲子，扶桑原在海门东。

寿熊母

洪畴五福先称寿，遐龄万善皆成就。

不须瑶岛祝长生，一句弥陀清白昼。

弥陀一句乐邦成，水鸟风柯吐妙声。

弹指笑看花上品，方知大道坦然平。

初度优昙符耳顺，更夸土净惟心净。

百务纷纭事似麻，须知永处那伽定。

自是儿孙增上缘，不求天道不求仙。

玻璃地面黄金色，剩有丹砂祝大年。

赠天颐居士造塔寿母

诸供养中，法供养最。

撮土聚沙，成群作队。

我大居士，欲展孝思。

竖刹竿幢，为寿尊慈。

令母怡然，惟彩衣子。

世出世异，不可方比。

实非庄严，而成庄严。

饰此片地，亿万斯年。

闻古尊宿，礼塔报母。

朱冠绯衣，空中与语。

从地涌出，自当证知。

快说法华，今正是时。

寿芝泉翁

记昔邻居，音容宛然。
棋声入梦，衣带香烟。
时闻庭训，颜欢心服。
尘世讥呵，了无一物。
我来学道，三十余载。
翁之德业，光明愈大。
翁今八十，悬弧大诞。
芳躅云仍，金丹灿烂。
令我遐想，莫侍寿筵。
曾入之门，未兆之先。
翁鉴我语，我为翁寿。
龙性久驯，鲐齿益厚。
析尘点墨，喻如恒沙。
较翁之寿，何啻天涯。
翁寿如岳，非峤可比。
翁寿如海，非波可拟。
劲挺澄湛，世莫能知。
往今来古，今正是时。
此偈谁作，谁为贺者。
吾由昔人，非昔人也。

寿李元谷居士

竭世枢机世罕知，娘生六十未移时。

逢场竿木弥三际，落草昙花吐一枝。

不问真空谈至理，喜将俗谛话离微。

山僧欲贺无他物，馨幅惟书景福诗。

寿知非元座六帙（三首）

从余三十载，潇洒不随流。

策杖防苔滑，经行喜树稠。

堂中三下板，云外一声鸠。

今日逢初度，俄惊半白头。

从余三十载，寒暑不惮行。

忍草和云秀，昙花匝地生。

戒光恒皎洁，清课倍修明。

道及尘缘事，鸿毛一样轻。

从余三十载，清范可规僧。

懒弄闲家具，宁牵烂葛藤。

法幢摧意净，华藏等身恒。

秉拂言亲荐，轮机似不曾。

寿阒然法弟

多年瓶锡侍吾师，今日春秋正是时。
谩道姓寒酬节序，笑看嘉运绽琼枝。

寿玄镜成宗（二首）

自古禅门无岁月，浪言五十是谁传。
要知劫外真消息，日照澄江锦一团。

日月星辰谈实相，山河大地演圆音。
红炉焰里重添火，烜赫烹蒸古佛心。

寿万融上座

相逢尔我方新腊，转眼韶光已二毛。
梦里不知霜月老，乘杯好弄浙江潮。

寿黄心镜居士

百岁光阴已半过，晦明迁变奈渠何。
维摩昔日曾闻款，尘劫都来一刹那。

寿智谙禅人（四首）

幻化人间五十年，放憨山谷种山田。
白云明月都耕遍，头角依稀犹未全。

锄头柄上是生涯，秋煞冬枯春放花。
岁月尽来渠变易，休教云雾湿袈裟。

赵州八十尚勤劳，勘验诸方气象骄。
要识古人真实处，莫随温饱便逍遥。

法华寿量析微尘，析尽微尘碍眼睛。
只教须弥翻白浪，佛生尘界不关情。

礼寿昌先和尚塔（四首）

旧年今日礼师颜，今日重来塔已关。
谩道藏身无觅处，淡云疏雨满人寰。

百尺凌霄一夜霜，爪瓶犹挂烂藤床。
来时古道应无口，篆缕曹源一线长。

分身南迈步西归，五色毫光彻夜辉。
舍利好藏无缝塔，莫教双鹤戾天飞。

九拜龛前泪落频，慈容何得再相亲。
白云流水依然在，不见灵山演法人。

吊憨大师（四首）

象王迹应瑞莲开，五乳峰头吼若雷。
今日树烟何暧曃，紫云旋入白云堆。

僧中法宝人中豪，玉露金茎价倍高。
静夜钟声藏不住，又随云水过新韶。

南华胜地塔全身，脚底犹披五乳云。
拄杖搅浑清世界，不知得法几多人。

多年法雨遍寰区，幻化何方是住居。
今古鄱阳湖上月，清光皎皎照匡庐。

挽刘和鹤孝廉（四首）

澄江风细浪花开，曾得金鳞上钓来。
抹嗒不随烟雨散，暮云几度夜招回。

讣捷荣哀系世情，恢恢天道岂无平。
如今不解藏身也，遍界都知船子名。

芝兰气味不寻常，幽谷无人他自芳。
莫谓严霜摧国干，清风千载振冠裳。

岁寒心有几人知，六月梧凋不近时。
却忆讲经台上约，而今已写挽君诗。

挽齐群玉郡伯（六首）

舆满浮山道，徘徊不见君。
心随流水驶，望隔故乡云。

雪风浸骨冷，送我过南舒。
缱绻临岐意，凭谁入画图。

旋锡生生社，翻怜见面稀。
稍安强栉沐，拖病话离微。

自后罕相晤，犹呈药病吟。
愧予羁问候，有负净名心。

倏忽秋风劲，金梧已早凋。
响音和讣至，抚几痛无聊。

有意描君像，无能辍远思。
援毫和泪点，写出挽君诗。

登喝水岩有感

云磴如鳞砌，扶筇纵步行。
水从龙口出，松倚石痕生。
古树藏嘉羽，层山叠翠屏。
禅那千古寄，名利一身轻。
豁尔非游境，翛然乐道情。
更穷西祖意，天朗远川明。

送老父归（四首）

三十余年今复逢，乡音仍旧异颜容。
恩情宛似缠身索，荣辱还如过耳风。
菽水彩衣凭客笑，昙花毳衲与谁同。
谩言世事多颠倒，抚掌俱投片梦中。

寄锡山林意自清，尘中鸡犬杳无声。
春秋门外临溪月，杨柳堤头挂树筝。
旧日浮华皆梦想，现前须发博虚名。
乡亲若问修行事，原是当年蹭蹬生。

日食三餐饱便休，饭余无事喜登楼。
面前山色随迁变，眼底云霞任去留。
以法为亲疏世相，视身如寄等浮沤。
尘寰多少黄粱梦，输与深山枕石头。

不挂从前汗染衣，剃除须发着伽黎。
精神惊破浮生暗，素志还期佛道齐。
骨肉那堪多劫累，机缘知是几生迷。
而今赢得闲些子，放意扶筇步柳堤。

偶成（七首）

山居深羡虎溪踪，有客多从笑里逢。
拄杖挑残红日影，芒鞋踏破紫云封。
烹茶敲箸酬弥勒，颠酒狂歌骂志公。
稍觉清风来谷口，梳翻松桧若飞龙。

衣穿囊破从他笑，不见纤尘作么疑。
欲水投崖声太急，爱云出岫势还迟。
明明妙体恒如是，湛湛妄言理若斯。
吞尽十方诸国土，看来成佛更由谁。

死生空色两重关，好把楞严辨八还。
眼底黟清云汉净，胸中碍脱境缘闲。
松阴百尺疑芳沼，笕水三湾过竹山。
困就绿杨枝下卧，几多花雨落人间。

是非冷暖无拘及，蓬荜多年缚翠嶒。
槛外花红疑野火，岩前苔绿锁寒冰。
三竿竹影岐山凤，万里风搏庄海鹏。
几度晚云归去后，一轮明月上梅棱。

识破磨砖造化机，大雄山下日初晖。
嘶风木马乘云去，饮海泥牛带雾归。
句里有锋穿胆入，眼前无物逐尘飞。
忻然击碎秦时镜，不挂如来授受衣。

宝鉴澄明法界清，个中须辨普贤名。

涅槃有觉还非觉，般若无生是利生。

剖破悟迷毋用力，揭开真妄不关情。

而今偶识中峰老，大地山河一掌平。

谁识山中境象培，山居助我乐心斋。

笋芽初出和云取，豆荚高时带雨栽。

枕石忘缘眠古榻，杖藜乘便步新苔。

经行懒折塘边柳，留与黄莺飞去来。

畲山（二首）

畲山唱罢紫芝歌，几片烟云挂绿萝。

竹径有婆偷笋去，横溪无水看猿过。

松花带蕊烹新茗，荷叶连丝补破蓑。

自是道人知见别，万年一念任消磨。

畲山斸断岭头云，岁月都忘总不分。

忽卷忽舒龙现影，相亲相近鸟呼群。

只知珠价三千界，管甚毫光万八旬。

透彻禅关无限量，从教沧海自沉沦。

和程邑令韵（二首）

携手相将引鹿軿，森然景物自怡情。
铃鸣殿阁招归鹤，锡挂云根绕啭莺。
松径有声堪听法，石门无缝若为程。
清风不减攒眉客，今日重添莲社名。

高登磐石驻云軿，麈尾轻挥称野情。
曾向松风听宿鸟，重来柳影拂啼莺。
旋身华藏犹寻迹，信步归家罢问程。
要识个中真意趣，萧然那许佛生名。

与詹定斋廉宪游白龙洞

三城重茧届西峰，既到西峰喜白龙。
洞里有泉千涧绿，树头无染一山红。
时分今古心何异，报逐升沉境自同。
寄与往来诸上士，莫教水底觅鱼踪。

答郑松门太史（二首）

入门宁问路逶迤，卉木丛林色色披。
旧笔肯完梁上字，谈经已约岭东枝。
有缘自合非衣谶，无句堪题没字碑。
此事住山人未委，德云相见别峰迟。

大千无处不禅堂，触目空兮慧剑霜。
鸦过有声流碧落，客来无力下绳床。
三拳临济机如洗，一掬曹溪水更香。
果在杖头开正眼，东皋舒啸又何妨。

答粤东李山人

年来瓶锡乐幽林，禅寂何尝事苦吟。
掬水引鱼时上下，穿云采药几晴阴。
锅儿扑破何须洗，树子无根懒去寻。
才听溪边人有语，又随麋鹿入山深。

和曹能始大参韵

圣僧古迹赖君隆，梵刹都归掌握中。
诸寺倏焉添社色，群生无不仰高风。
灵源洞吸江涛迥，甘露松旋石壁葱。
谩作晏师来去想，鼓山嘉运兴何穷。

和陈□□居士韵

何缘策杖鼓山中，喝水眠云卜岁丰。
有去有来天上日，无形无影杖头风。
拈香述赞欣新得，挥麈随声愧未工。
欲识祖师端的旨，扶桑元在海门东。

（注：□，代表无法辨识的字。下同。）

和安□□居士韵

腾空木马夜嘶风，知有高人得句工。
棹入清波沙岸远，诗联白雪素心同。
闲云片片浮天北，流水潺潺望海东。
自是不容分去住，轻轻收入藕丝中。

和林□□居士韵

圣箭凌霄那一通，毋分南北与西东。
石门未跨知迷悟，挂杖才拈验色空。
海上书来招客去，江边杯起入云东。
而今不论神僧迹，花雨缤纷两岸红。

和李□□居士韵

清光万里画图中，触目归云鸟道通。
夹岸青榕遮棹影，冲霄白鹤唳秋风。
禅那竟许尘缘入，解脱还将奥义穷。
赤肉团中休放过，分明认取自家公。

和熊无用居士韵

公案而今几万千，不知谁会祖师禅。
庭前柏子清风遍，岭上松枝皓月悬。

万古碧漫澄影瘦，一溪活水浪声玄。
时人更问西来旨，磬㪱毋劳肋下拳。

和□□□居士韵

茫茫世念冷如冰，电掣晴空绍祖灯。
历劫了知心是佛，几回痦觉梦为僧。
沤花漫道藏踪迹，幻影何缘有爱憎。
待客迎宾闲指注，三餐饱后更无能。

和吴本如司马韵

湘潭烟水阔，携手便归家。

径入天王屋，宁知长者车。

有心皆梦境，无眚不空花。

最喜庞居士，敲冰来煮茶。

和谢中隐居士韵

瓢笠惊风雨，腰包独往还。

听缘嫌作客，随处喜居山。

水阔云光迥，松深鹤梦闲。

幸分居士韵，裂破祖师关。

钓鱼台度岁

腊尽闻亲讣，孤舟趁夜回。

平沙无鸟迹，深树有猿哀。

江岸何时到，家庭少客来。

长思两行泪，先落钓鱼台。

雪夜哭父

亲坟在咫尺，何事苦羁留。

夜雪飘无歇，寒鸡叫不休。
非思惊坐寝，血泪染溪流。
天问缁衣孝，青山尽白头。

到舒城

迢遥千里外，仿佛少年时。
驻步寻原径，扪心动所思。
沙堤新树密，城市故人稀。
嗟此无常境，阿谁愿出离。

渡　河

河下白如练，烟云照浅流。
近城鸟解语，抵舍客生愁。
骨肉无青眼，儿童半白头。
荒郊高垒垒，尽是故人丘。

碧潭禅友

从余归梓里，深雪不知春。
带水收寒涕，牵衣动晓云。
冰层怜路马，树倒见樵人。
误作多年客，家乡语更亲。

访东源晦台上人

策杖东山上，穷源访故知。
怪松遮道处，细雨湿衣时。
石磴净如洗，柴门曲转迟。
相逢两不厌，啜茗咏新诗。

别黄惺源居士

记得来山日，仍思送别时。
往还千里外，倏忽半年期。
法语无他嘱，衣珠须自怡。
寻常亲着眼，不必问相知。

别林衡庭居士

荷担弘愿力，彻见道人心。
宝剑应须砺，衣珠不用寻。
尘缘浑是梦，佛法岂为箴。
记得山中约，相弹挂壁琴。

别林优德居士

范围天地外，不见路头赊。
彩鹢分流水，寒鸥乱聚沙。

白毫挥客尘，清影吸仙槎。
最喜江边景，枝圆树上花。

别卢□□居士

树德谁为比，疏财我羡君。
交孚知有道，擅美讵传闻。
拄杖敲空月，芒鞋破岭云。
一双清白眼，毫发自区分。

次曹能始大参韵示诸同行者

登山须及顶，纵步莫移时。
路险惟凭杖，岐分必问师。
云深行趁早，晖落悔来迟。
力尽机忘处，堂堂更是谁。

初入鼓山见梅花偶成

崎岖千里道，不惜老来身。
脚下浑无力，眼前惟有云。
多逢投宿鸟，罕见问津人。
莫怪梅花笑，蹉跎又一春。

次韵答阮圆海园卿（二首有序）

马大师一口吸尽狮子虫，何地藏身？九带公案，从来不犯纤毫。五味粥汤，迄今香甜犹在。向柏子头边突出，无缝塔顶经行。要知花果同时，不问再来消息。石老向威音前，纵行一步，然后入博山社。火里另作商量，不妨布袋盛渠。须信声多哮吼狗子，即今在甚么处，复云看脚下。

江月山云映碧天，蕴中底奥不称玄。
东君也解知人意，特藉梅花验别传。

岩花黄叶从人辨，黄叶岩花道眼开。
幻化肯随朱紫态，须知劫外带春来。

次韵答刘胤真居士（三首有序）

见相非相，即见如来。此破相入理之谈，自非行起解绝，不能亲到。居士正在解中。若以解为悟，岂但见谛不真，将恐奴郎不辨。所以祖师门下，贵在真参实究。一口气不来，既不知去处。从前见处，不实可知，又安得不疑？果真疑顿发，到大安乐地。回观解路，何啻隔靴抓痒。次韵三首，非以文字说心，为不辜来意耳。

七个蒲团破见天，未掀帘处已深玄。
梅花无意枝头放，烂漫枝头验的传。

春花秋叶寻常事，春叶秋花亦有开。
却笑灵山亲付嘱，刹竿头上应声来。

云天空处谩追寻，空处云天万古心。
草色雨声亲瞥地，庞家儿女是知音。

次韵答齐员债居士

从来瓶锡喜居山，策杖先防动步艰。
今日何缘谈雪话，清欢流布缙绅班。

鄱湖鞋山（二首）

鱼跃鸢飞白浪间，脚头流水道人闲。
韶阳不逐风帆意，云自南山雨北山。

踏尽鄱湖一带春，细看鞋样灼然新。
少林不合惊尘世，只履归西可怪人。

与吴公良居士

寒霏扑面话从容，道念殷勤孰与同。
缅想祖庭深雪里，而今触处振家风。

与蒋一个居士

驱驰百里更何心，宝网香云不外寻。
识得吾家贫彻骨，拈来沙土尽黄金。

与吴石生居士

会晤须臾与道交，泥途百里不辞劳。
将何人事酬君去，独有归家路一条。

与刘雁先居士

深泥飞雪竟何依，清水寒冰满面皮。
倏尔春空舒化日，愿教先夺岭南枝。

寓邵武西塔早粥

粥热牙疼知老至，风寒骨冷识支离。
流光不遂攀缘意，说与诸方长者知。

过紫霞关

何缘策杖紫霞关，石磴跏趺老惧寒。
不假仙人床上寐，几回清梦入浮山。

白牯庵四景

洗耳泉

山间不管人间事，饭后仍添茶灶烟。
恶听松风兼鸟语，也将两耳掬清泉。

听经石

大地山河经一卷，无文无字最分明。
有时说向松边石，箕踞崆峒侧耳听。

鸟道门

逶迤一线透层峰，步入层峰树几重。
自是无岐谁辨的，谩将不二话真踪。

醉墨蕉

挥毫曾用斯为纸，自后无人复用君。
分付剩栽三两树，虫书鸟篆自成文。

松下行

旋身石磴参差，转眼树头红绿。
一个无依道人，自笑非真非俗。

竹下饮

几盏清茶解困，策杖毋劳用力。
幸有千竿万竿，不是蹲踞弥勒。

放生池

金鲫树头落影，翠翎水底含颦。
颠倒轮回路上，不知谁是真人。

野吟（六首）

飘叶霜风到挺，澄沙寒水冰清。
独坐公堂隐几，惺然喜听雷声。

迥迥长安车马，行行吴越江湄。
看尽千红万紫，逢人暂话离微。

栖凤淡云几片，浴龙细浪千层。
客过不妨携手，临池倒影看僧。

飒飒凉风西起，皎皎明月东升。
堪笑禅门深旨，破驴脊上来蝇。

疏密萍浮绿水，高低桂吐奇葩。
策杖峰头远眺，前村烟雨人家。

砌下苔钱叠叠，山头霞幔重重。
斋后闲游池岸，采来九瓣芙蓉。

过水松方丈

云势穿山谷，松声落涧泉。
凭栏问雨候，正值杏花天。

舟次梅溪

水阔觉舟小，云深见树低。
掀蓬问渡子，说是小梅溪。

屏石上人舟中水观

慈舟棹水面，寂尔意偏长。
遍界琉璃地，毋劳问月光。

如意庵歌赠智公

山路崎岖逶迤间，石根紫气弥林泉。

青松翠竹含云烟，境色如心意洒然。

溪流漩澓遍三千，中隐高人不记年。

特来问道向我前，智度为门慧亦全。

英姿秀发眉宇渊，激余法偈染新篇。

随书数语结斯缘，无量法门首曰禅。

譬如狮子翻峰巅，又如水发成漪涟。

哮吼波澜事事便。

君不见唐宋源流今复启，还如杲日照晴川。

立春偈赞

春风才动春花开，春雨相催春水来。

惟有通元峰顶石，依前白藓与青苔。

山西五台山普化寺《禅门立春偈赞法语》

偈

杀活争雄各有奇，模糊肉眼曷能知？

吐光不遂时流意，依旧春风逐马蹄。

参禅偈（八首）

参禅须铁汉，毋论期与限。

咬定牙齿关，只教大事办。

猛火热油铛，虚空都煮烂。

忽朝扑转过，放下千斤担。

参禅莫论久，不与尘缘偶。

剔起两茎眉，虚空颠倒走。

须弥碾成末，当下追本有。

生铁金汁流，始免从前咎。

参禅没主宰，只要心不改。

万汇及尘劳，旋岑谁愀悆。
坚硬可擎天，勇决堪抒海。
虽然未彻头，管取前程在。

参禅发正信，信正魔宫震。
片雪入红炉，赤身游白刃。
只寻活路上，莫教死水浸。
大散关忽开，倒骑毗卢印。

参禅休把玩，倏忽时光换。
至理虽玄奥，秦时镀铄钻。
咄哉丈夫心，着手还自判。
百年能几何，莫待临行乱。

参禅无巧拙，一念贵超越。
识得指上影，直探天边月。
劈开胸见心，刮去毛有血。
分明举似君，不会向谁说。

参禅须趁早，莫待年纪老。
耳聩眼朦胧，朝在夕难保。
生平最乐事，到此都潦倒。
佛法本无多，只要今时了。

参禅莫治妄，治妄仍成障。
譬欲得华鲸，管甚波涛漾。

至体绝纤尘，妄心是何状。

谨白参禅者，斯门真可尚。

开示偈（三百六十七首）

示无踰禅人参念佛是谁（有序）

无踰禅者，领云栖师翁念佛公案。于双径峰头，目视云汉有年矣。而谁字尚未及破，谒余乞偈，助其发机。余不辞芜陋，以偈记之。

云栖师翁，净土宗旨。

双解重围，梦幻生死。

念佛者谁，痛扎深追。

高悬相印，顺机适时。

谁字不明，疑情忿勇。

力竭气绝，始破漆桶。

漆桶既破，毋容怠惰。

脚步拟缓，非福即祸。

万仞悬崖，只须亲到。

石幔云幢，风清月皎。

清皎眼开，当面活埋。

轰天烈地，其声如雷。

示水斋道遵参没踪迹

船子廿余年，藏身无踪迹。

一棹入华亭，两岸花狼藉。

今人但逐句，熟读竟何益。

水斋志于禅，苦行非所适。

专提句话头，坚硬逾金石。

疑情成片去，只教一缝坼。

远不在天涯，近非是咫尺。

吸干沧海浪，长空净如碧。

击碎珊瑚枝，梵语从唐译。

不亲释迦文，勘破维摩诘。

街坊等个人，相将饮琼液。

示观恒禅人看普字

云从龙，风从虎，千里远行夸步武。

不辞涉水与登山，矢心迸破云门普。

云门普字古今传，剔起眉毛反复看。

本命元辰着落处，衣袋皮囊见不难。

皮囊包裹真消息，现成不费些儿力。

才生拟议隔天涯，肯向禅门空白日。

只须竖起铁脊梁，直下明明达本乡。

故园田地都抛却，始信男儿当自强。

示如是禅人参无字

赵州无古今有，伶俐衲僧颠倒走。

若于二处见根源，大似面南看北斗。

破无字两重关，重步高登万仞山。

纵饶绝顶横身过，吸雾披云未可闲。

笔直路行将去，谁管途中住不住。

只教倒跨紫金毛，反侧始能张露布。

海底尘山头浪，奥语玄机都不向。

月皎风清夜静时，沾着纤毫成莽荡。

反覆看不较多，泥牛解吼木人歌。

油瓶丢向篮筐里，笑杀当年凌行婆。

示怀照禅人参没踪迹

一句话头如铁橛，雄心莫教根基劣。

太阿横按绝周遮，眉睫交横流汗血。

密究深栽绝动摇，卧薪尝胆莫辞劳。

针锥扎入偷心死，夺得如来向上标。

藏身之处没踪迹，醉舞狂歌人不识。

断臂安心诳小儿，雪庭哪得真消息。

没踪迹处莫藏身，吸尽澄江跃浪鳞。

红烂身游荆棘里，不寻归去可怜生。

一喝耳聋称大悟，何如返掷解回互。

舍利八万四千颗，何曾梦见娘生裤。

香象截流彼岸登，迦陵破卵即飞腾。

衲僧果具通天眼，抹过峰头第几层。

入理慎防休太早，狸奴不厌丛林饱。

若于动处便旋机，依旧全身入荒草。

直下纵横六不收，江水无心竞夜流。
更问祖师端的旨，淡云轻日正清秋。

示麓屏禅人省亲并参无字

一个无字，倚天长剑。

瞥尔情生，摇空闪电。

三千里外直如弦，只教觌见亲爷面。

见后如何，切忌道着。

示参父母未生前

父母未生前面目，已生之后又如何。

一朝踏着来时路，雨具云衣事更多。

示清隐禅人九带语

浮山九带，偿众生债。

烂翻舌头，众生颇奈。

入佛法藏，揭露家私。

事贯理贯，和赃捉败。

佛正法眼，真不掩伪。

妙叶兼通，顺风逆载。

事理纵横，明暗互融。

屈曲垂慈，机感自在。

金针双锁，当面活埋。

平怀常实，贵买贱卖。

更有一带，同条死同条生。

勘破此带，有利有害。

清隐禅人请说破，输我当行好买卖。

偈曰：一句话头如铁橛，浮山九带没来由。

须知塞却通天窍，突出娘生个指头。

示林野禅人参没踪迹

没踪迹莫藏身，钓尽华亭跃浪鳞。

藏身处没踪迹，三岁狮儿解返掷。

紧把绳头勇力参，太虚紾出黄金汁。

男儿汉须性燥，搋转鼻头何处讨。

好于痛处下针锥，只待冷灰看豆爆。

不破疑团誓不休，放出沩山水牯牛。

五字到今讳不得，戴角披毛这一头。

亲磕着得便宜，敢问：皮囊知不知。

倒吹铁笛音声别，正是尘劳解脱时。

示可上禅座

一句话头如铁橛，从前活计汤浇雪。

譬如抒海讨明珠，勇心直教沧溟竭。

不得明珠誓不休，到手方才得自由。

通身汗下清风起，白浪滔天迸出头。

险道先须辨通塞，要以前人为轨则。

长庆蒲团船子桡，用处谩将心意测。

管他烈火与寒冰，断臂焚身似不曾。

若个皮囊真宝聚，好将清操续传灯。

示慈门禅人

一句话头如铁橛，眉毛不与眼相参。

究心自古无多事，劈破疑团是指南。

疑团破处无涯岸，突出衣珠光灿烂。

从他八万四千门，门门撞着是这汉。

临济当年赤肉团，至今鲜血尚漫漫。

真人裹向袈裟里，鼓掌难教觌面看。

只须揣出虚空骨，彻底无依休恍惚。

顺流笔直到江西，匡庐深处蛟鼍窟。

五老峰前翠作堆，劫风几变尚崔嵬。

江涛响入游人耳，莫错呼为脚底雷。

示恒见禅人

一句话头如铁橛，千年故纸不须钻。

德山不入魔军队，大地众生被眼瞒。

莫道宗门路劲挺，大丈夫儿须自省。

二祖雪庭断臂时，震旦何人不引领。

只须坐断葛藤窠，佛法尘劳奈尔何。

点心不向言前荐，笑杀当年卖饼婆。

休向山林恣懒情，石火电光容易过。

纵然入定不闻雷，简点将来都是错。

生成不怕紫金毛，铁壁银山走一遭。

果是老胡亲的子，隔溪何用手相招。

示吴观我宫谕

一口气不来，毕竟甚处去。

血肉身心非常住。

勘破缘生缘不生，根尘即是大宝聚。

闹市丛中景物披，何须山坞与江湄。

负薪樵子机头妇，渴饮饥餐步不移。

百草头边亲祖意，毋拘路滑恣游戏。

谩将佛法当真参，沾着些儿成垢腻。

本来无古亦无今，肉髻明珠岂外寻。

黄鹤楼前伸转语，方知居士问头深。

示何芝岳尚书

一口气不来，毕竟甚处去。

灵山古佛亲分付。

回头石马出纱笼，肯就家庭守珍御。

净几明窗自在时，花香云照碧罗衣。

夜深月下翻清影，无蒂珊瑚露几枝。

折杖行兮途路杳，旋身逾觉乾坤小。

不须别样问通津，万事无如出处好。

眼动眉舒曰妙存，鸦鸣知是几黄昏。

依正报中亲瞥地，迥然无佛处称尊。

示方广野居士

一口气不来，毕竟甚处去。

急着娘生双眼觑。

洞然无物饱狗狗，逼塞虚空何处住。

既无住处肯干休，铁壁银山迸出头。

谩道腰缠十万贯，端然屋里贩扬州。

世缘那更分清浊，赤肉团中光闪烁。

捡个柴头品字煨，风流何啻三禅乐。

抚掌扪空意洒然，浮山湖畔草芊芊。

倒骑驴子都游遍，破雾披云不记年。

示吴九涛居士

一口气不来，毕竟甚处去。

百年光景从头数。

忙忙三万六千朝，莫待临时申苦楚。

长安大道痛加鞭，行不前兮亦奋然。

直待九重宫殿里，金炉应有暗香传。

翻云覆雨曹山堕，活泼机轮无不可。

才欲将心度量来，温州橘皮不是火。

世间无水谩云波，吸尽西江奈尔何。

酬渠祖意山头有，紫雾红霞映碧萝。

示吴石生居士

一口气不来，毕竟甚处去。

四方八面大火聚。

动即烧兮静亦然，出离肯别生疑虑。

不生疑虑直趋前，觅火还须先见烟。

臭烂不堪皮袋子，灼然云外是同年。

同条生不同条死，瞥地嗔兮瞥地喜。
颠倒场中识得渠，原来少个当门齿。
同门出入自优游，杰出丛林是赵州。
略彴桥边度驴马，不风流处也风流。

示赵元振居士

一口气不来，毕竟甚处去。
云从龙兮风从虎。
旋风八字打将来，大地山河如目睹。
香树云幢处处周，莲花朵朵湛清流。
善财不用南询遍，弹指豁开弥勒楼。
弥勒楼台灿珠玉，宝几明窗清可掬。
鹤唳莺啼卢舍那，时人何必栖幽谷。
解开布袋放痴憨，包纳虚空甘不甘。
转位就功亲去就，舌头无骨定司南。

示盛子惠居士

一口气不来，毕竟甚处去。
一千七百闲言语。
交驰棒喝祖师禅，蝶梦南华方栩栩。
鸣椎归位话幽微，四句离兮绝百非。
却笑仰山清梦里，无钱博得口头肥。
好就风云看变动，真机不与时人共。
本无一物献尊堂，堆堆何啻千斤重。
掉转乾坤别样新，从来依法不依人。

参禅道者浑无事，静听枝头鸟语频。

示范以都居士

一口气不来，毕竟甚处去。
明眼衲僧难共语。
管甚闲忙静闹时，四威仪内频频举。
话头绵密绝周遮，宝印亲悬验正邪。
清净界中才动念，无端病眼见空花。
一念不生俱解脱，芥孔针锋夸广博。
搅乱乾坤不识人，旋风八字无栖泊。
只须掉转拄杖头，绝无烟火不干休。
通身汗下通身冷，笑展家风得自由。

示吴莲舟居士

一口气不来，毕竟甚处去。
幻化皮囊谁是汝。
险恶场中走一回，静陆半原应自许。
一步高来一步低，高低尽处见端倪。
法身炯洁何相似，白雪清风类不齐。
话头一句如饥渴，山自崩兮海自竭。
逬破疑团廓然时，却笑香涂与刀割。
少林无故把心安，不识心兮毛骨寒。
突出娘生真面目，了知生死不相干。

示盛莲生孝廉

一口气不来，毕竟甚处去。

过水挈舟方自渡。

到岸逢人话短长，即忙觅取来时路。

异种灵苗说似君，从来丝发不干人。

解开布袋频频看，剩有山头一带云。

盏子落地成七片，聊与时人通一线。

无碍光明彻幻躯，根尘界是摩尼殿。

云头按下太生生，妙用临机不顺情。

斫却中心一树子，四方八面任纵横。

示胡冰棱县尹

一口气不来，毕竟甚处去。

白日青天谁不睹。

还乡尽道是儿孙，就里无容夸佛祖。

个中原不立阶梯，土面灰头孰与齐。

欲问故乡晴雨候，须知脚下有黄泥。

驱耕夺食男儿汉，步不移兮登彼岸。

何必区区籍世灯，额上明珠光灿烂。

夜无恶梦日无惊，大地山河一掌平。

好把虚空百杂碎，不期华藏宛然成。

示潘次鲁贡元

一口气不来，毕竟甚处去。

五蕴山头张露布。

百万军中取胜时，觌面那容更回互。

重围力破不为难，转位旋机直下看。

才起一丝分别想，脚跟早隔万重山。

智人当下知端的，至理无分今与昔。

百劫千生撞出头，扫地焚香全利益。

逢人笑展佛家风，血染山河朵朵红。

参遍阎浮诸善友，文殊只在福城东。

示宋大山孝廉

一口气不来，毕竟甚处去。

晴是日兮阴是雨。

翻来覆去见根源，裂破胸襟夸步武。

毋拘坐卧及经行，展似眉毛作么生。

雨后花香人发笑，霜前果熟鸟相争。

道人懒与分时节，囫囵不用频饶舌。

铁马嘶残劫外风，大圆觉里无豪杰。

你既无心我也休，两忘何必强追求。

赵州可煞添盐酪，倾出当年投子油。

示方肃之馆元

一口气不来，毕竟甚处去。

毋问三千七百祖。

公案交横眉目间，无心理会闲家具。

法身清净厕坑筹，没来由处有来由。

一朝捵出通身汗，始觉从前满面羞。

着衣吃饭随时好，何自稽迟不自了。

抹转娘生恶面皮，触着通身都是宝。

开不成单合不双，后园驴子系枯椿。

翻他觑井真三昧，随处逢人树法幢。

示刘雁先居士

一口气不来，毕竟其处去。

即此不明是家务。

譬如大路到长安，前行更不生疑虑。

直入重门兴未休，夜明帘外更清幽。

庭前瑞草和根拔，净白无依始彻头。

彻头格外知端的，男儿肯向他寻觅。

谩言鹞子过新罗，捉活原来在咫尺。

拄杖头边眼顿开，横拈倒卓不须栽。

家庭懒论耕耘事，剩有江风带雨来。

示胡鼎甫居士

一口气不来，毕竟甚处去。

万仞悬岩谁作主。

筋斗翻空经几回，败叶堆头亲眉宇。

当知父母未生前，气不来兮理亦然。

勘破个中些子事，层岩石虎抱儿眠。

晓吼一声山岳动，金鳞肯别腌童瓮。

倏尔风云际会时，腾跃威棱看大用。

万象森罗听指呼，缘生幻法总然徒。

灵山别有拈龙意，笑杀当年碧眼胡。

示张钦之居士

一口气不来，毕竟甚处去。

生死轮回无伴侣。

五蕴根尘尽属魔，降魔须获金刚杵。

金刚本体露堂堂，贼魔难与共商量。

自古护生须是杀，杀尽安居达本乡。

诸祖相传正法眼，狮儿不是猢狲产。

残篇断索尽家珍，烈汉从来无料拣。

万象森罗指顾间，高挥大抹得安闲。

逢人不泄真消息，笑把芙蓉镇日看。

示倪琼圃侍讲

一口气不来，毕竟甚处去。

大千敛在毫端聚。

堂堂古路绝周遮，谁敢当阳日住处。

集云峰下四藤条，坐断春风不放高。

百草头边亲荐得，万花丛里任逍遥。

空非大兮尘非小，品汇无如出处好。

十字街头等个人，饥餐渴饮随温饱。

拨尽寒炉火一星，迥无情识不通灵。

脚跟踏着来时路，始信澄潭彻底清。

示孙明都进士

一口气不来，毕竟甚处去。

智人勿以明相睹。

豁开霄汉露群峰，得意飘然如凤翥。

翱翔万里见方圆，清光不与市同廛。

药山老宿曾亲说，水在瓶兮月在天。

大用堂堂绝分齐，动止还同春富丽。

大方独蹈境唯心，谁向虚空夸巨细。

拈花端不涉离微，勘破灵山老古锥。

无缝塔边多水草，龙眠深处鹿儿肥。

示林卞石居士

一口气不来，毕竟甚处去。

劈头认取最初步。

纵横万里不离天，莫待临时泣歧路。

欲知淮甸与江干，连络骈阗车马残。

散尽浮云开眼看，洞庭无盖法身寒。

冻杀法身成底事，隔岸无分他与自。

尘尘刹刹绝纤踪，谁道淫房并酒肆。

峭壁层岩不可攀，还期陆地见波澜。

风声鸟语宣真谛，都在龙眠烟水间。

示杨兰似居士

一口气不来，毕竟甚处去。

自古慈门无阻拒。

宝所非遥趋进时，纵横原不循规矩。

明中有暗暗中明，明暗相参罢问程。

拗折骊龙头上角，珊瑚枝畔水痕新。

抖擞通身虚捏怪，眼耳鼻舌分疆界。

捏碎挪圆总不妨，自买应须还自卖。

运水搬柴识得渠，从来就里绝亲疏。

深山佛法依何住，乌宿云藏月上初。

示胡永胤居士

一口气不来，毕竟甚处去。

话头好教频频举。

随缘透彻未生前，涧水松风解法语。

横趋倒跨不为难，刹海须弥指顾间。

灵芝瑞草和云秀，绮干仙葩带露寒。

闲拈竹杖敲空响，肯向人前呈伎俩。

二时粥饭自家常，宝网明珠俱不尚。

我曾行遍不欺人，脚底风云说似君。

果得个中消息净，根尘界里活如神。

示谢中隐居士

一口气不来，毕竟甚处去。

倒卓眉毛别有路。

团地一声猛省来，人在烟云最深处。

心如古井不生波，笑杀台山指路婆。

竖起拳头明历历，放开布袋奈渠何。

觌面纵横无忌讳，当机那论刹那际。

十方三世绝周遮，逼塞谁分心境异。

尘劳堆里妙莲香，东土西天谩举扬。

更有一言吐不出，无人处所为商量。

示夏广生元甫生生三居士

一口气不来，毕竟甚处去。

放得开时捏得聚。

脚下泥深水亦深，水泥深处无凭据。

只须竖起铁脊梁，撞破藩篱达本乡。

识得未生前面目，通身白汗绝商量。

流通白汗清风古，敢道山河无寸土。

纵横不堕悄然机，烈汉从来夸步武。

金牛饭饱赵州茶，春到园林树树花。

更问西来端的旨，白云流水淡生涯。

示余任甫居士

一口气不来，毕竟甚处去。

沙里淘金休莽卤。

五蕴山头认得真，从来不出渠门户。

譬如捉贼须见赃，获得赃时谩度量。

分析现前赃与贼，空门端的好儿郎。

幻化尘劳续慧命，须知业累性清净。

十方坐断不通风，地转天旋称大定。

炉热清香试返魂，香烟盘结岭头云。

倒骑石虎归家晚，拍掌徜徉笑语新。

示玄照铠禅人

一口气不来，毕竟甚处去。

踏着头头皆宝所。

灼然明月照金沙，无量光明谁不睹。

只须开眼见光明，策杖寻溪爱路平。

撞着长须黑面老，方知烈汉不通情。

翻身踏上毗卢顶，直捷无依还自省。

不问程途深夜归，须知露湿衣裳冷。

当门缺齿不关风，肯向人前论异同。

才起一丝分别想，山重重又水重重。

示一如洞禅人

一口气不来，毕竟甚处去。

推不前兮留不住。

眉下娘生眼忽开，肉团元是明珠库。

明珠库内宝成堆，地动天翻响若雷。

不是吾家亲眷属，方才趋入又惊回。

哪个人无皮下血，自心冷暖向谁说。

何劳特地立阶梯，一念无生顿超越。

祖师崖岸滑如苔，片语投机称本怀。

谩道分身无量亿，一尘端有一如来。

示净休珍禅人

一口气不来，毕竟甚处去。

提起如穿荆棘絮。

扯不开时进步难，解脱还须善调御。

万花丛里不粘身，眼底无筋一世贫。

逼到岸边行不去，端然过水见长人。

铁非硬兮绵非软，入门先自防家犬。

捏转绳头契祖机，万八程途不记远。

社饮村歌春日和，翠微深处白云多。

若将语默通消息，输却当年凌行婆。

示岑伯赢禅人

一口气不来，毕竟甚处去。

直入横趋带角虎。

瑞草灵芝香暗传，层岩峭壁清风古。

受用家私色色然，真情端不向人言。

忽朝团地一声子，始信宗门有别传。

男儿不借他人力，肯逐因循消白日。

闲云流水递相交，古路一条如笔直。

识得娘生枯悴姿，莹光皎洁若琉璃。

何用多生熏善业，风流应出当家儿。

示梦云禅人

一口气不来，毕竟甚处去。

直入无容生怕怖。

若是吾家种草儿，英灵自有娘生袴。
娘生袴子不寻常，贴肉连皮谩忖量。
从他孔窍分疏密，别有针锋一线长。
会得将身藏北斗，万派千流皆授首。
才生拟议隔天涯，野干难同狮子吼。
绿杨深处一声鸠，唤醒渠侬得自由。
山中水草随缘足，笑放沩山水牯牛。

示慈庵禅人

一口气不来，毕竟甚处去。
净白地上休染污。
直跨横趋达本乡，莫来拦我球门路。
耍笑讴歌识得渠，从来万法本如如。
宗乘无限风流事，独羡杨岐三脚驴。
真珠撒向紫罗帐，陈烂葛藤俱不尚。
别有通天路一条，活句清机如历掌。
沾着通身似蜜甜，利生端不涉慈严。
三家村里商量遍，菱角如锥尖更尖。

示发光禅人

一口气不来，毕竟甚处去。
万里程从初步起。
拨云见日未为难，妙用堂堂须返己。
返己毋劳着眼看，霜清露冷髑髅寒。
忽然击竹声消尽，剩有千竿与万竿。

示念如禅人

一口气不来，毕竟甚处去。

重玄奥义从斯起。

阎浮走遍万千遭，历劫何曾离自己。

识得自己是何颜，毳衲横披露半斑。

峭壁悬岩穿下过，方知峰顶有层峦。

示太初法师

华严山中太初老，双眸倒视乾坤小。

条眉舒放不寻常，丈六金身一茎草。

一茎草上有琼楼，体露金风得自由。

解脱还期真实相，钵囊不挂一丝头。

与我同乡复同县，非故非亲非觌面。

离俗还如相约来，机缘顿异诸人见。

诸人不识两行藏，多笑邻家稚子狂。

三昧百千谁指注，权时赢得额头光。

净修三业浮囊渡，戒德清明人仰慕。

愧我尘缘摆不开，何日龙眠重会晤。

不须问路不分歧，寿量恒沙报尔知。

倒跨泥牛吹铁笛，白毫光射几须弥。

示毒鼓上座

识得吾家真宝藏，兢兢肯把绳头放。

了生脱死大因缘，要在当人能择上。

身心世界等空花，露地白牛长者车。

通衢八面清风起，无底篮儿盛活蛇。

逢缘不把真机泄，硬似胡绵软似铁。

拄杖纵横得自由，分明两口一无舌。

须信悬岩绝后苏，突然状出山海图。

掉转乾坤何境界，三更初夜曜金乌。

示子朴上座

识得吾家真宝藏，岩头万仞须亲上。

拌得娘生一个身，好与诸人作榜样。

登山涉水是寻常，攫浪拿云当自强。

透过老僧无味句，几多玄妙尽糟糠。

不滞法身贵转位，从他花雨呈祥瑞。

万象都来一口吞，等闲掷出燎天燧。

一阵胡风劈面来，优钵罗花舌上栽。

脚跟步步须亲到，谩言南岳与天台。

示我空上座

不住山阿住市廛，喜与檀那结善缘。

庵前车马自骈阗，月救生灵几万千。

多生值遇余居士，济生庵子从斯起。

壮丽弘开不二门，跃渊纵翻无穷已。

不惜娘生一个身，何妨州县往来频。

毫厘升合非私畜，铁额铜头见主人。

如斯不愧为僧相，三德六和真可尚。

始终无改旧行藏，好去丛林作榜样。

更须彻究未生前，不明之处痛加鞭。
掀翻碟子如天大，觑破从来不值钱。

送无泽禅座上罗浮山

缅想当年景泰师，芟茅构室海之湄。
罗浮绝顶恣遨游，铁桥峰畔连瑶池。
石门方广容几席，三更日上海水赤。
旋覆乾坤辨故新，吞吐风云度朝夕。
上人今往亦何求，纵步勤登二石楼。
倒视沧溟如涓滴，一千瀑布称雄流。
明月坛边戒剩有，杀佛焚经夸抖擞。
锡杖源清浴活龙，玉鹅峰峻逢花首。
七十二洞奏天乐，百千草木成琼阁。
夜深险极转身难，踢破指头亲见脚。
我亦将来步此山，入林端不问人间。
折桂茹芝闲岁月，时临清碧照衰颜。

示静休禅人葬母

恩爱相牵劫数长，只须瞥地见亲娘。
若将骨肉分真假，管取多生手脚忙。
这一回莫错过，敲响髑髅谁是我。
今日亲逢知识缘，快须努力痛加鞭。
爱水情山消不尽，轮回知是几千年。
道人心不失照，额上珠光明皎皎。
还将折杖搅长河，触着泥沙都是宝。

尘缘何处是吾心，赤肉掀翻莫外寻。

示恒一禅人

旷劫不变谓之恒，散步披襟入棘林。
蠲诸名数谓之一，万仞峰头独足立。
动足扬眉落二三，无身领荷非端的。
只须古路不逢僧，地转天旋似不曾。
草鞋裹向袈裟角，水底时挑白日灯。
槛外闲人分曙色，空虚当塞如漆黑。
豁开两眼如铜铃，何待当来问弥勒。
此是恒常不变心，从来不向外边寻。
春风吹入岩阿里，静听枝头报好音。

示栖壑静主之浙

栖禅岭表称耆旧，镇海明珠谁不有。
栲栳相传古及今，谁是拿云博浪手。
肉髻深藏知几秋，光明普照四神洲。
旋闻返见辨端的，吃饭穿衣得自由。
果若沾尝些子味，蹭蹬如痴亦如醉。
逢人懒话目前机，正好随群与逐队。
何缘跋涉博山来，浙水潮声莫浪猜。
脚跟踏着家乡路，白汗通身带活埋。

示扩安禅人

洞彻无依谓之扩，廓充销尽尘缘障。

心空境寂谓之安，唯境唯心难比况。
只须竖起铁脊梁，撞破虚空是本乡。
云门胡饼金牛饭，吃过始知滋味长。
千重百匝无遮互，赤肉团边彰露布。
赵州略彴古今同，截断不容驴马度。
圆融混合显全机，土面灰头绝悟迷。
有问衲僧成底事，清风明月满前溪。
此是禅人真受用，圣凡鼻孔从来共。
大抹高挥五两轻，端居拱默千斤重。
佛法尘劳一担担，无烟火炙骨毛寒。
一朝连担都抛却，撮土成金总不难。

示汪省庵居士

假心地主汪居土，今日相逢有甚奇。
解道圣凡同一体，夙缘密行少人知。
疑情隐隐天机现，华藏光明只一线。
洞彻曹源滴水时，夜叉心即菩萨面。
早知父母未生前，不妨痛处更加鞭。
山头云雾都收尽，浊水澄清月正圆。
月圆不许将心会，宝塔无形入也未。
六窗虚静绝纤尘，儿女团圞非分外。

示黄心镜居土

从来大隐隐廛市，居士今朝身便是。
尘劳堆里发灵苗，真俗何尝有二致。

高原陆地不生莲，沙水淤泥花始鲜。
选官选佛凭君选，佛法何妨儿女边。
翻思昔日维摩士，毗奈耶城弘大智。
推倒文殊不二门，笑携竿木恣游戏。
谁云恩爱障修行，无生原不碍生生。
但知生理元无性，何虑菩提道不成。
分明今日老庞家，山海敲冰来煮茶。
撒手那边千圣外，须弥顶上浪生花。
世间恩爱妄疏亲，白日青天鬼系人。
看破傀儡棚上索，莫教辜负好时辰。
银山铁壁丈夫志，明月清风道者心。
世界从他沧海变，佛声终不愧东林。

送盛翀吾居士

曾自吴山越水来，而今复过姑苏台。
故乡景色堪徘徊，幻化场中只眼开。
木兰亭下人如电，缥缈霓裳今罕见。
海涌峰头虎亦潜，北亩南阡经几变。
此身即是真法聚，莫逐根尘生怖惧。
木人花鸟本无情，宦途荣显闲家具。
我将此语饯君行，越水吴山一掌平。
更有太湖流不辍，待将清湛濯尘缨。

示本宗禅人

如何是本古路峻，嶒踏得稳。
如何是宗澄江水，底日头红。

麻三斤与干屎橛，蹭蹬如吞栗棘蓬。
识得此心无二法，动容不待眉毛眨。
破烂袈裟撩乱遮，峥嵘头角恣腾踏。
不学诸方五味禅，清风过耳自悠然。
圣几家业都抛却，撒手徉徜笑掣颠。
旋身不踏无明草，佛法尘缘都潦倒。
本源灵湛绝周遮，海底珊瑚和日皎。

示林野禅人

真修行办己事，愿与释迦为嫡子。
迥脱尘劳大丈夫，好将名字标僧史。
住深山栖岩谷，哪管春花秋草绿。
一个闲人天地间，饥寒饱暖随缘足。
锄为枕草为毡，睡眼摩挲白昼眠。
西来大意山头有，何必临机更竖拳。
不劳心枉费力，华藏庄严在咫尺。
大千沙界绝遮拦，烦恼无明都解释。
不动步是真修，体露金风得自由。
看破世间颠倒事，青林深处一声鸠。

示白斋禅人

为僧难为僧难，吃尽人间苦与酸。
是非憎爱风穿耳，度量还同海样宽。
华藏界谩盘桓，无边刹海一毫端。
觑破缘生无实性，了知生死不相干。

心外境亦何繁，流水青山镇日看。
三十年来知是错，分明月照髑髅寒。
觅不得始心安，彻底无根见肺肝。
祖佛相传秘密旨，大似将空挪作丸。
直教生铁流金汁，涌沸都来掌上观。
会得这些关捩子，不妨随处种栴檀。

示碧辉禅人

为僧易，为僧易，要在男儿有大智。
雪山真宝囊衣中，烈焰何须更回避。
任毁谤从骂詈，恩爱冤家都远离。
孤标独立绝亲疏，浊恶世间恣玩戏。
逢人化敷妙义，譬如大鹏轻展翅。
又如铅汞与真金，入火始能辨真伪。
不求师不断臂，不图名分不爱利。
了无一物挂心怀，饥来吃饭困打睡。
胡张三黑李四，从来不问渠名字。
空花落尽见青天，敢道顿然超十地。

示顺涯禅人

入僧数非难易，蹈矩循规理不违。
韬光混俗浑闲事，动止无非振祖威。
栖岩壑住柴扉，腾腾养得肚皮肥。
就中一种真三昧，猛火丛中片雪飞。
知也未察几微，晴空白日雨霏霏。

光明八万四千土，土土皆作黄金辉。
袈裟紫衲衣绯，蓦地逢人拄杖挥。
三餐茶饭随时度，渴饮清泉饥食薇。
男儿到此恣豪放，更当勇力破重围。
都城祖意须亲荐，净白途中芳草菲。

示古航关主

君不见，天目山头石作船，高峰大士居其巅。
三十余年璎珞饭，至今人把清名传。
吾徒静室亦何有，口不开兮足不走。
赤身惟剩两条眉，白手空拳夸抖擞。
又不见朗公禅，锄为枕子草为毡。
佛法世缘何所似，磐石多恣白昼眠。
吾徒不闻锄与草，磐石藤萝何处讨。
开窗只可见青天，一道灵明光皓皓。
莫将此际当寻常，光非照境境非光。
倏然廓彻通无碍，便是心空及第郎。

示李希仁居士

君不见，此事不与教乘合，敢将外典分优劣。
坐断虚空逼塞时，大千沙界无遗子。
是途中非考辍，只须吐出广长舌。
无情敷演妙伽陀，尘说刹说众生说。
山可倾海可竭，日可冷兮月可热。
独有禅门不动尊，笑看红炉飞白屑。

雪爆得断卒得折，旋机转位夸豪杰。
四方八面任纵横，何妨弄巧翻成拙。
鼓是非称奇绝，金毛跳入野狐穴。
挦虎挦龙兴未阑，泥人肋下三条铁。
大因缘好时节，为君细解同心结。
列圣丛中向上关，熟读斯文真口诀。

示禅人

人生天壤间，幻质若浮沤。
虚脆无真实，苦向身外求。
譬如朝露花，又如涂地油。
须臾便敛迹，胡为不知休。
人身优昙开，芥子针锋投。
赤肉明珠窟，青山碧玉楼。
披襟弥宝色，动步遂清幽。
肯逐尘缘使，玲珑空白头。

示方赤城侍御

红光弥雉堞，清瘦晏居中。
须发幡然白，衣冠兴愈浓。
名言苏困踬，门第鼓祥风。
燕雀高眉宇，图书饱幼童。
寂住添灵翠，浮山起彦隆。
溪声清过乐，云势活如龙。
他日重游处，相将看岭松。

示六义禅人

谁云有六义，宁知一字无。

寄身如浮云，经世一须臾。

男儿气浩然，眉宇动天枢。

灼然没巴鼻，迥与生死殊。

打开大散关，壮哉始自娱。

莫学班白人，喃喃读梵书。

论义如流水，究竟若荬芦。

真是狮子儿，生成铁额颅。

又如猛丈夫，抒海求明珠。

只教亲瞥地，裂破祖师图。

示陈居士

遍界不曾藏，眼根岂能见。

除是悟心人，当下讨方便。

单提句话头，深追与力究。

才欲涉思惟，圆明成过咎。

譬如破重关，力与万人敌。

通身都是胆，输赢在咫尺。

那复论危亡，亦不分彼我。

抹转上头关，无可无不可。

果是狮子儿，不向那边讨。

力就解翻身，根尘光皎皎。

清风拂夜月，旭日尽朝露。

万象咸点头，森罗尽回互。

唤作无事人，唤作猛烈汉。

更拟问如何，水浸石头烂。

示李借假居士

念佛与参禅，法门最直路。

镇海倾明珠，乐邦宣净土。

和盘尽托出，觌面绝差互。

远祖莲花开，赵州驴马度。

抑扬激教源，高下辨宗谱。

尘界毫端析，法身全体露。

花开德水清，酒醒衣珠悟。

谩言佛土佛，须识主中主。

念佛与参禅，祥云和紫雾。

随方布德泽，切莫生犹豫。

付嘱应弘通，化仪非小补。

果得兼行之，真如带角虎。

示詹智安居士

实相毋容寄足，虚空岂是真心。

坐断十方窠臼，顶门痛下金针。

掉转乾坤何境界，拈来沙土尽黄金。

示古辉维那

提起话头，倚天长剑。

断生死流，碎魔军殿。

不斩黧奴，岂肯放手。

直破重围，先须知有。

知有体玄，如临深渊。

约不退后，推不向前。

勇不顾身，命根始断。

绝后再苏，救得一半。

一半倔强，拗折拄杖。

绝思惟时，来吃痛棒。

示殊常二禅人

一归何处，是擎天柱。

抹转额颅，笑破了去。

别子江上，浪花粗分，明月照珊瑚树。

只饶坐断清虚，解活也须回互。

双双行也双双行，须知一住一不住。

示智和禅人

遇午一餐，遇晚一宿。

此是何缘，无非顺俗。

忽朝踢破指头，敢道玄沙受屈。

屈不屈，听叮嘱。

蓝田片玉本来辉，脱壳乌龟火里浴。

示玄机禅人

痴痴呆呆，好去逻斋。
昨日南岳，今朝天台。
两瓢热水，一束干柴。
梅子熟也，还我核来。
若将持咒为禅要，天下禅人尽活埋。

示徐六岳宫保元勋

不忘灵山亲付嘱，长安大道行人速。
一鞭木马踏花飞，九重宫殿炉烟馥。
闲拈拄杖撞虚空，逼塞谁分心境同。
到得还家花未老，白云依旧故山中。

示方心寰彻侯

不忘灵山亲付嘱，大鹏久住金刚窟。
但问归家归未曾，休将古德商迟速。
虚楼百尺倚晴空，门闭梯捐路自通。
不动步时弹指入，楼前木马夜嘶风。

示詹见五勋卿

不忘灵山亲付嘱，红尘岂障参禅骨。
云衣不挂忽然苏，满目桃花春簇簇。
春风吹树看春来，露柱生儿笑满腮。
识得无生亲的子，任君掩耳过经台。

示顾醒石鸿胪

不忘灵山亲付嘱，这个都非心佛物。
蓦尔通身热汗流，一味之间百味足。
百味谁尝一味非，旅中无系自知归。
解道澄江净如练，令人常忆谢玄晖。

示徐南高闷卿

不忘灵山亲付嘱，红藕池边波可掬。
通身独露放光明，万里山河清净目。
庭生瑞草未为奇，瓮里腌齑变紫芝。
碧眼胡师吞未尽，酸甜只贵大家知。

示何天玉闷卿

不忘灵山亲付嘱，识取未生前面目。
柳风梧月主人醒，扫花闲杀樵青仆。
春到黄莺语亦亲，半塘遥隔见通津。
还他宝钏金羁子，任我穿衣吃饭人。

示俞容自勋卿

不忘灵山亲付嘱，学道先教无厌足。
假饶已悟更加鞭，管取千魔俱殒没。
护持须护自心玉，水雪中间别有香。
大着眼眶看仔细，丈夫眉宇旧昂藏。

示徐孟麟侍御

不忘灵山亲付嘱，光明智火烧残牍。
逢人何处着商量，尽日芙蓉看未足。
芙蓉霜刃向云磨，魔佛由来奈尔何。
露布己闻饶吹奏，太平端许卧山阿。

示任文升侍御

不忘灵山亲付嘱，缘生世谛多林麓。
剖开慧眼显全机，肯向尘缘空碌碌。
突出衣中无价珍，从来见处不依人。
大圆觉体光明藏，净白元无一点尘。

示吴黄岳侍御

不忘灵山亲付嘱，清光霭霭弥山谷。
举头谁不见青天，男儿肯向他寻逐。
待客迎宾事事长，跬步何曾离本乡。
了知动转非他物，优钵罗花遍界香。

示朱罗青民部

不忘灵山亲付嘱，回头纸穴痴蝇出。
疑情举处要分明，莫把心量重卜度。
大千经卷一尘微，只贵当人剖出之。
曾向洛阳宫里过，春花春鸟总宜诗。

示蔡圣龙祠部

不忘灵山亲付嘱，慧灯好向风前续。
青天白露鹫峰明，更从何处分真佛。
无分无别阿谁知，当下知归我是谁。
猛火煅成清净土，一声孤雁夜听迟。

示庞序皇司马

不忘灵山亲付嘱，春气非传红与绿。
一念攀缘眼底花，片言玄妙膺中物。
空诸所有实诸无，活杀从来是丈夫。
山色溪声还跳出，闹蓝风雨对屠沽。

示曹安祖司马

不忘灵山亲付嘱，浩然气宇餐天禄。
堂堂妙用绝周遮，百匝千重光晃昱。
底事分明说似君，碧空花雨乱纷纭。
饭余柳岸经行惯，清风微动水成纹。

示吴泊如缮部

不忘灵山亲付嘱，海外波斯双赤足。
夜来龙藏掌中生，锤碎休教添碌碌。
俊鹘摩天秋气高，虚空无物见纤毫。
驱耕夺食男儿事，一任西风爽布袍。

示王季常缮部

不忘灵山亲付嘱，雪冷须弥偏突兀。
拈来青枣大如瓜，见后桃花清似菊。
热油铛舐大方馋，莫使重留贴肉衫。
到得感恩知愧日，许君亲见老香严。

示白雉衡虞部

不忘灵山亲付嘱，社舞村歌堪荐入。
歌声鼓节遣谁闻，耳中供个观音佛。
虚空消殒一人边，草净湖南万里天。
一句相凭重道当，石人双耳听声前。

示周敏山水部

不忘灵山亲付嘱，珊瑚影映澄江绿。
清风明月两相知，莲花水面如车轴。
石头城外草芊芊，踏月穿云知几年。
一自洞庭歌罢后，至今花雨尚蹁跹。

示金萝石田曹

不忘灵山亲付嘱，禅床直竖苍山骨。
迥然一念射当人，此是吾家真种族。
空花轮转本来无，迷悟俱非井觑驴。
讨得镢头些子味，卧云啸月种松株。

示吴鬯膏田曹

不忘灵山亲付嘱，刻刻须教深入木。
和身迸透顶门开，六六原来三十六。
铁船无恙海潮通，月落沙寒钓已穷。
若向此中亲荐得，竹箫吹过断芦中。

示丁莲侣国博

不忘灵山亲付嘱，宝华净界无延促。
眉睫之下鼻头垂，何人解把舟行陆。
方舟渡子不曾迷，说着河源却未知。
雪满短蓑寒梦破，自惊身是钓鱼师。

示林如冲奉常

不忘灵山亲付嘱，熟处当生生处熟。
却将生熟一铛煎，跛鳖盲龟称万福。
出门何地不青山，傍晚征夫闲未闲。
开彻碓花供醉眼，磨成砖镜照衰颜。

示吴文孙中秘

不忘灵山亲付嘱，头头法法光明域。
虚堂无事一声雷，野狐跳入金毛窟。
金毛狮子解翻身，这里分明不昧因。
吐却狐涎入狐队，出山人是住山人。

示汪叔度进士

不忘灵山亲付嘱，康庄车马偏难忽。
黄尘冉冉遍天涯，凭君拭洗青山俗。
青山无况着秋烟，鹿草龙芝种玉田。
独有一年收未得，祖珍抛散禁城边。

示沈得一孝廉

不忘灵山亲付嘱，得意骅骝风趁足。
奔腾踶踏见分明，万里空山寻古宿。
寻人花影落缤纷，玉带谁教报衲裙。
合有临行饶舌处，锺山云似博山云。

示陈贲生孝廉

不忘灵山亲付嘱，白石苍松堪击筑。
击出针锋一线通，千流万派看漩澓。
山头白浪海中尘，囊里无钱剩买春。
月满珊瑚枝自露，跏趺应笑劫前身。

示徐六虚孝廉

不忘灵山亲付嘱，宗门当傍他人入。
英雄眼底笑男儿，清风古路无迂曲。
参禅先令识心闲，锦鲤成龙一跃间。
皮袋生光情爱尽，淡将言句写溪山。

示曹清之奉常

不忘灵山亲付嘱，参禅莫就禅中宿。
当日惟知剑柄长，而今始觉球门复。
枯椿未始是枯椿，触处风摇白玉幢。
万里泥牛奔影去，碧云无赖满春江。

示陈允嘉广文

不忘灵山亲付嘱，断崖峰顶黄茅屋。
十方坐断见春风，拨云夜看千花谷。
跨着杨岐三脚驴，不逢渠处也逢渠。
解开布袋凭人看，妙用临机果不殊。

示张时华参军

不忘灵山亲付嘱，十年豫造征人服。
征人未免挂征鞍，会免临期多仓卒。
绣幢烟影碧油车，放出南山鳖鼻蛇。
若道葛藤犹未断，一杯清供赵州茶。

示周元执参军

不忘灵山亲付嘱，牧童明月骑归犊。
未到人牛不见时，休随草色平川绿。
雨余芳草是前村，牧笛无端欲断魂。
却向古邻荒寺去，大家扶起破沙盆。

示刘斗枢司马

不忘灵山亲付嘱，纵横出没无拘束。
闲云踪迹渺天壤，魔佛从来皆眷属。
放生容易杀生难，火宅之中叫野干。
露地白牛车上坐，宝铃珠网夜天寒。

示吴淳太光禄

不忘灵山亲付嘱，钵盂中是千钟粟。
横吞一粒齿牙香，却笑饥人果空腹。
一粒原来何处生，大千心亩廓然平。
夜来剩有栽秧雨，好向绿杨听晓莺。

示叶翼所典谒

不忘灵山亲付嘱，花蜂岂就空枝宿。
钻向银山铁壁中，他家好似无情物。
场开选佛看登坛，莫道心空及第难。
踢杀猢狲缚杀鬼，不知菩萨是何官。

示丘言思宫端

不忘灵山亲付嘱，弥陀一句无真俗。
数珠绳断佛声消，卞和剖破荆山玉。
分明宝镜映千灯，择叶寻枝我未曾。
识得烧庵真供养，泥牛摇尾过窗棂。

示李在璞孝廉

不忘灵山亲付嘱，修幢拗折潇湘竹。
实相门开声悄然，短衣破笠黄金域。
江风淡荡法身寒，江雨凄清夜未残。
休把鹃啼比莺语，万花丛里现优昙。

示叶白於中翰

不忘灵山亲付嘱，期君试听无生曲。
无手人弹无耳听，聚合从前亲骨肉。
团圞何处问他方，一片空心选佛场。
打鼓却看谁作主，钓鱼原是谢三郎。

示余集生囧卿

不忘灵山亲付嘱，尔自弹丝我吹竹。
合成一调供众生，梵天花雨成禾谷。
搅不清兮烧不香，捉贼须教有正赃。
溺器踢翻清夜晓，传灯名字间僧行。

示余周生都阃

不忘灵山亲付嘱，日午虚窗剔明烛。
厨前巧妇细思量，自笑能炊无米粥。
诸天同器不同餐，肘后金符近已刊。
马足似云弓似月，将军今夜下三韩。

示方士雄太学

不忘灵山亲付嘱，青山满目原非物。
荆棘丛中穿过时，何论横趋与直入。
旋风八字打将来，宝网金绳触处开。
万壑千岩春自暖，兔光和露护珠胎。

示汪吉所居士

不忘灵山亲付嘱，加鞭倒跨泥牛犊。
牛背频将铁笛吹，声声韵出无生曲。
无生曲子孰赓和，石人解拍木人歌。
游遍支那归去晚，衣冠之下古弥陀。

示陈旻昭文学

不忘灵山亲付嘱，琼苗远发浏阳佛。
扬吾家丑逼吾忙，管保千生受涂毒。
千生只在一朝圆，毒鼓声腾万马先。
廓尔子韶明物格，紫云金殿暗香传。

示余得之居士

不忘灵山亲付嘱，日用何妨耕与读。
书中全露圣贤心，大似良田获嘉谷。
圣贤俱自道场来，儒释源流莫浪猜。
会得拈花微笑旨，龟毛拂子舞三台。

示剡水禅人

不忘灵山亲付嘱，波澄三昧银鸳浴。

自从不解倒跨牛，石人泪堕相思曲。

相思难写梦初分，半是思君半恨君。

若使琵琶能诉出，指端应现博山云。

示刘自度居士

没踪迹处莫藏身，钓尽澄江跃浪鳞。

藏身之处没踪迹，华亭两岸花狼藉。

迸破虚空别有天，绿杨深处草芊芊。

更须简点家常事，跛脚驴儿在后园。

示智璘居士

众生心佛无差别，大理不明誓不辍。

一朝识得本来人，顿悟无生方欣悦。

儿女团圞古道场，动步先须达本乡。

父母未生前面目，着衣吃饭是家常。

示悟言禅座

立志修行须荦卓，还如美玉重雕琢。

雕到玲珑八面时，功成始得称无学。

放下尘缘即便休，青山何事使人愁。

牧鞭收向明珠库，放出沩山水牯牛。

示吴观我宫谕

麈尾纵横劫外春，一番拈弄一番新。
油瓶勘破投明客，茶话输他返拜人。
孝满酒颠欣逆子，剑挥巢破验忠臣。
不辞竿尽重栽竹，喜得华亭跃浪鳞。

示蒋熙台居士

圣道无依不拣人，入门何必断贪嗔。
月盛银碗含秋碧，露浸松涛带晓云。
清净界中才一念，轮回路上几生身。
话头顿破阎浮梦，瑞草灵苗说似君。

示湛如禅人

圆明湛湛妙无垠，如涉纤毫即是尘。
大地都来银世界，更于何处觅金身。
休云妄，莫分真，只知一马生三寅。
匝地清风何所有，笑看鹦鹉过西秦。

示江忆州居士

摩尼江岸若何求，直向骊龙颔下搜。
喝转迅流须勇决，吸干沧海任遨游。
拿云攫浪凭双手，倒岳倾湫只一头。
眉底顿开无碍眼，光明普照四神洲。

示张兴公居士

横身宇宙没遮拦，尽力推爷山外山。
不辨金光珍燕石，十方消殒谩追攀。
脱筌网，跃灵源，变化风云顷刻间。
此是洞曹兼带旨，为君款款露全斑。

示萧若拙郡伯

不逐形仪观实相，玄机独露面门余。
忘言宝藏流千古，烁梦真光彻太虚。
石女绣空花有果，木人敲火焰生鱼。
本源妙粹离非即，待客迎宾体自如。
待客迎宾体自如，何劳缘木复求鱼。
灵心洞烛山河影，慧眼旋观物象虚。
插草欣投当指地，拈花偏向笑颜余。
而今劈破娘生面，眉目依然不是渠。

示黄玄石居士

出尘无染毒龙腥，世道鸿毛一样轻。
幻化场中谁是我，电光影里孰为情。
楞严读罢知空殒，宝所登时爱路平。
自古圆通门大启，想君足下紫云生。

赠契玄上座

圆契拈花意，重研宝镜玄。
弘施彰正令，妙挟验真传。

峭壁深春翠，灵花带晚烟。
当轩持万象，印破水中天。

示孤月禅人

讲席都游遍，来参没味禅。
锄云栽紫芋，引水种青莲。
邃谷岚浮树，干柴火少烟。
松风与夜月，相向不须钱。

示金灿宇居士

日用事无别，避喧转觉难。
饭余歌昼永，烛尽笑更残。
一切但仍旧，万般都是闲。
才生分别想，知隔几重山。

示魁杓居士（二首）

信心功德聚，凡圣莫岐分。
放出唯三要，收来只一尘。
不从他变态，毋用自纷纭。
识得衣中宝，何愁彻骨贫。

信心功德聚，真个火中莲。
旷劫元无异，今生幸有缘。
揭开尘界网，印破水中天。
最喜金刚宝，光明照大千。

示龚可济居士

苦海何为楫，诚心可济然。

慈风清性水，慧日丽中天。

华藏严身相，灵山在目前。

须知尘界里，烈火绽青莲。

示李虚云居士

话头一句如弦直，岸柳岩花露法身。

几向绿杨深处看，端然一点不沾尘。

示刘自度居士

话头一句如弦直，多少行人步不前。

趋入便须着眼看，香云深处彻重玄。

示李何事居士

话头一句如弦直，钓尽长江获赤鳞。

步下葛藤都绊断，超然无累逐时新。

示王元淳居士

话头一句如弦直，耀日精金觌面看。

行过水晶宫殿去，门前尚有玉栏杆。

示卓无量居士

话头一句如弦直，珠若澄兮水自清。

彻见本来真面目，方知人我不关情。

示陈旻昭居士

话头一句如弦直，香象奔波失却威。
截断狂澜观自在，旃檀林里凤凰飞。

示张兴公居士

话头一句如弦直，滴水高兴几丈波。
出没云烟无限量，空花阳焰奈渠何。

示杨仲宜居士

话头一句如弦直，行遍阎浮不识人。
拄杖头边亲磕着，深知痛痒是关津。

示顾长卿居士

话头一句如弦直，甘露还从天上来。
八角磨盘亲拨转，无限树子倚云栽。

示马文先居士

话头一句如弦直，不是牛兮不是驴。
蹄角皮毛消得尽，灼然露出顶门珠。

示何允量居士

话头一句如弦直，跛脚猫儿睡正酣。

夜半经行谁共语，月光花影恣清谈。

示姚邻卿居士

话头一句如弦直，进步宁知行路难。
稍得顺风催客便，萧然无意过三滩。

示陈非白居士

话头一句如弦直，入处应从侍者边。
定动更知将智拔，门庭高峻古今传。

示范尔培居士

话头一句如弦直，急水滩中下足难。
行过夜明宫殿里，严霜六月透心寒。

示邓直卿居士

话头一句如弦直，水底游鱼树上鸦。
眉下顿开清白眼，笑看尘境乱如麻。

示余未也居士

话头一句如弦直，鸟道羊肠路可行。
行到水穷山尽处，廓然天地是同庚。

示齐群玉太守

话头一句如弦直，宝网香云眼里花。

透过冰山并雪洞，相逢且吃赵州茶。

示方时生贡元

话头一句如弦直，似吼春雷起蛰龙。
情解那容些子在，善行须信辙无踪。

示姚纯甫贡元

话头一句如弦直，机发灵枢应不穷。
知是自家真现量，四方八面起清风。

示张述之贡元

话头一句如弦直，凡圣量情不碍膺。
独蹋大方何境界，倒骑铁马向空行。

示齐理侯居士

话头一句如弦直，业识消磨六月霜。
烦恼从中开眼看，皮囊尽放紫金光。

示齐季吁居士

话头一句如弦直，生逼鱼蛇化活龙。
大地山河成粉末，眉毛血溅梵天红。

示胡康生居士

话头一句如弦直，捷疾雄奔木马嘶。

万壑千峰都踏遍，珊瑚枝上摘摩尼。

示胡凝生居士

话头一句如弦直，祖令全提向上玄。
不向意言生卜度，路头笔直到家园。

示方奕予居士

话头一句如弦直，人在冰山雪洞来。
时节不同尘世界，桃花九月满园开。

示戴式其居士

话头一句如弦直，柏子庭前语最亲。
略彴桥边行下过，通人那肯问关津。

示盛集陶居士

话头一句如弦直，瓶泻云兴也是闲。
佛法若从知解入，少林端不把心安。

示姚申甫居士

话头一句如弦直，混入方知不夜天。
路载碧云云载月，无身人坐案前山。

示刘胤平状元

话头一句如弦直，饭后频斟赵老茶。

策杖喜随流水去，深林无伴看飞鸦。

示刘君含居士

话头一句如弦直，行遍三千及大千。
掉转身来何境界，夜明帘外月当天。

示刘六合居士

话头一句如弦直，混入灵源不记年。
识得自心元是佛，更于何处觅金仙。

示刘尔敬居士

话头一句如弦直，梵语唐言义不殊。
搬尽世间闲骨董，清风明月满庭除。

示刘尔静居士

话头一句如弦直，水底红尘山上鱼。
布袋都来收拾尽，珊瑚枝上喜跏趺。

示洞如禅人

话头一句如弦直，六月炎天火里霜。
须信目前无别法，溪深勺柄自然长。

示微密禅人

话头一句如弦直，狭路相逢罢问程。

脚下原无勾绞索，横牵直绊不须惊。

示慧林禅人

话头一句如弦直，度尽众生佛是魔。
魔佛两关都透过，阳春白雪和巴歌。

示慈水禅人

话头一句如弦直，梦醒忻看劫外春。
遍野生羊足水草，莫教踏破岭头云。

示宗伯禅人

话头一句如弦直，开眼须知合眼时。
明暗两头无着处，倒吹铁笛咏新诗。

示水澄禅人

话头一句如弦直，策杖寻溪得自由。
撞着木人开口问，无言笑指水东流。

示玄灿禅人

话头一句如弦直，喝水成冰当等闲。
拄杖才行三两步，几多花雨落人间。

示云知禅人

话头一句如弦直，直入重楼最上层。

公案万千成粉碎，阿谁敢曰续传灯。

示荆山禅人

话头一句如弦直，吃饭穿衣最上乘。
就里不生分别想，道人行处火消冰。

示中和禅人

话头一句如弦直，山自青兮水自蓝。
活计不从人处得，清风明月是同参。

示道庵禅人

话头一句如弦直，你既无心我也休。
华藏庄严原具足，贯珠宝网不他求。

示弘觊禅人

话头一句如弦直，谁是缘生谁是真。
坐断两头无点事，庭前应笑看花人。

示口口禅人

话头一句如弦直，世道纷纭作么生。
直入万花丛里过，不沾些子始通身。

示寂常禅人

话头一句如弦直，勿论他家短与长。

生死岸头何捷径，疑情粉碎罢商量。

示智华禅人

话头一句如弦直，无位真人倒着靴。
行到水穷山尽处，通身浑是佛陀耶。

示慧生禅人

话头一句如弦直，讨甚闲心鼓是非。
迸破疑团清梦里，相逢难与话离微。

示湛之禅人

话头一句如弦直，梅熟何劳更索核。
吐尽口中酸涩味，齿牙应有暗香来。

示小枝禅人

话头一句如弦直，幽谷芝兰分外香。
浪静水平人不语，鸳鸯凫鸟自成行。

示小止禅人

话头一句如弦直，直下承当早是迟。
父母未生前面目，不劳开口贵先知。

示曹印禅人

话头一句如弦直，佛是灵山老比丘。

以手自家头上摸，不须螺髻也风流。

示玄京禅人

话头一句如弦直，博得灵源活水长。
分派不生高下想，成渠何必细参详。

示瑞云禅人

话头一句如弦直，勘破尘劳语最亲。
捡得干柴烹活水，自斟自酌不干人。

示恒如禅人

话头一句如弦直，风雨无停竟到家。
却笑后园驴吃草，夕阳西照影偏斜。

示葛皖伯居士

话头一句如弦直，雪夜安心不是心。
好看当年干木客，石头路上水泥深。

示纯素禅人

话头一句如弦直，水面灯球火里莲。
雪洞冰山穿下过，长安尽处更加鞭。

示江达所居士

话头一句如弦直，脚下黄泥知几深。

垢腻汗衫都脱尽，从他撩乱不关心。

示许圆修居士

话头一句如弦直，日不劳分夜不眠。
自古鼻端无点气，何须特地慕腥膻。

示程君鉴居士

话头一句如弦直，就路还家太钝生。
旷劫本无些变易，何须特地越规行。

示芮含实居士

话头一句如弦直，十八儿郎笑未休。
捡得粪头无价宝，几多欢喜几多愁。

示觉海庵主

话头一句如弦直，不落思量第二筹。
推倒须弥穿屣走，毗卢顶上滑如油。

示众禅人

话头一句如弦直，空里浮云镜里花。
看罢莫生奇特想，从来黑豆不生芽。

话头一句如弦直，当下无心见本来。
干木更须牢把定，衡山路上滑如苔。

话头一句如弦直，地覆天翻不动心。
只有一条生活计，随缘愈入愈知深。

话头一句如弦直，无耳人闻说法声。
云水尽时歌舞罢，长安大道坦然平。

话头一句如弦直，底事分明不许知。
动着些儿遭药忌，离言谁肯辨深慈。

话头一句如弦直，闻说何如见面亲。
纵是风恬闲不彻，还怜活水跃金鳞。

一句话头如铁橛，碧云深处有家传。
相逢不必重宣说，处处春风杨柳天。

一句话头如铁橛，死中要个活人来。
六根粉碎成团去，优钵罗花遍界开。

一句话头如铁橛，纵横万境也教闲。
脚跟不带些泥水，收拾行囊过故山。

一句话头如铁橛，三千里外步如初。
从来心法无前境，大地收来一草庐。

一句话头如铁橛，动中消息是如何。
纤毫不尽随生灭，笑杀当年凌行婆。

一句话头如铁橛,骊龙颔下抉珠时。
只须不顾危亡也,入手方知出世奇。

一句话头如铁橛,纷纭境界体如如。
只消识取来时路,倒跨杨岐三脚驴。

一句话头如铁橛,多年故纸不须钻。
一朝家当都抛却,始觉从前被眼瞒。

一句话头如铁橛,眉毛动处即须知。
衲僧气宇天然大,莫只因循十二时。

示五叶侍者

一句话头如铁橛,三玄五位不须论。
千经万典都抛却,扫地焚香是甚人。

示融愚禅人

一句话头如铁橛,活中要个死人来。
相逢为报乡关事,紫茎金樱带露开。

示李虚云居士

顿悟心源开宝藏,万花丛里乐优游。
春风也解禅那意,吹尽残红伴水流。

示刘自度居士

顿悟心源开宝藏，钟鸣鼓响验声尘。
自从识得缘心法，一个无心闲道人。

示齐宝明居士

顿悟心源开宝藏，从他烦恼与菩提。
三餐茶饭随时过，无事深山听鸟啼。

示邓九如居士

顿悟心源开宝藏，灼然笑点马师圈。
顶门果具摩醯眼，黑白终归句下圆。

示李何事居士

顿悟心源开宝藏，摩挲睡眼见青天。
现成公案重拈出，三个猢狲夜簸钱。

示傅远度居士

顿悟心源开宝藏，衲衣底事有来由。
囫囵吞个青州枣，直至而今饱不休。

示方士雄居士

顿悟心源开宝藏，鸡鸣犬吠演真乘。
虽然逐日忉忉底，吃饭穿衣似不曾。

示刘今度居士

顿悟心源开宝藏，庭前柏子话偏长。
道人不谙西来旨，一阵清风一阵凉。

示杨仲宜居士

顿悟心源开宝藏，黄金沙石不须论。
展开两手无依摸，万象森罗一口吞。

示姚邻卿居士

顿悟心源开宝藏，庞家儿女是知音。
超方不许留些子，抛却家园自陆沉。

示邓直卿居士

顿悟心源开宝藏，家风不与世人同。
百千万种诸三昧，只在寻常语默中。

示刘文长居士

顿悟心源开宝藏，全身领荷亦迟迟。
更思吸尽滔天浪，笑倒江西马大师。

示王元淳居士

顿悟心源开宝藏，祖翁田地不曾移。
若将计较从他觅，大似倾杯灌漏卮。

示茹无简居士

顿悟心源开宝藏，个中原不立纤尘。
谁云珍玩过沙石，还笑从前彻骨贫。

示陈非白居士

顿悟心源开宝藏，珊瑚枝上月溶溶。
清虚不是人间境，吹去浮云晚树风。

示熊飞卿居士

顿悟心源开宝藏，黄花翠竹总真如。
若将花竹生知解，笑杀当年碧眼胡。

示叶对育居士

顿悟心源开宝藏，肘后灵符衣里珠。
几多玄妙都抛却，认取杨岐三脚驴。

示余得之居士

顿悟心源开宝藏，通衢倒跨白牛车。
角头无限庄严具，都在深慈长者家。

示余未也居士

顿悟心源开宝藏，大千经卷不他寻。
分明一个真呆子，肚量从来海样深。

示鞠岩长居士

顿悟心源开宝藏，逢人懒论口头禅。
珍珠收向皮囊里，棒喝交驰总不然。

示邓鲁生居士

顿悟心源开宝藏，好山好水一时收。
从来不出门庭外，古佛家风得自由。

示张讷所居士

顿悟心源开宝藏，髑髅无识眼初明。
更知心境如如处，花鸟逢人亦不惊。

示王梦兰居士

顿悟心源开宝藏，多年古路滑如苔。
净瓶扑破重拈起，归去阎浮又再来。

示姚亶卿居士

顿悟心源开宝藏，西江吸尽不为奇。
当阳打个翻斤斗，铁笛横吹劫外诗。

示吴叔达居士

顿悟心源开宝藏，随声逐色过朝昏。
一条拄杖穿云走，得失亲疏总不论。

示王君翰居士

顿悟心源开宝藏，落花流水尽家珍。
台山婆子空劳力，到岸毋容更问津。

示王闳卿居士

顿悟心源开宝藏，何劳特地问风幡。
猎人惊破三更梦，始觉从前事事烦。

示徐贞可居士

顿悟心源开宝藏，大唐国里没禅师。
虚空打个翻身转，拍手徉徜我是谁。

示郑无臣居士

顿悟心源开宝藏，拈香择火当寻常。
而今识得闲些子，却笑从前手脚忙。

示蔡玉源居士

顿悟心源开宝藏，扬眉瞬目显全机。
几多盐醋都倾却，收拾深山住草扉。

示□白生居士

顿悟心源开宝藏，白云深处有家传。
灼然伸出拿云手，好向虚空驾铁船。

示罗元清居士

顿悟心源开宝藏,着衣吃饭见如来。
不须更问南山路,笑指庭前石上苔。

示任征生居士

顿悟心源开宝藏,珊瑚枝上海风清。
现前何事为遮障,才涉思惟万八程。

示碧辉禅人

顿悟心源开宝藏,骊龙颔下抉珠来。
而今懒论光明聚,包裹皮囊且学呆。

示瑞崖禅人

顿悟心源开宝藏,扶桑元在海门东。
衲衣时借云霞补,剪尺无烦问志公。

示叶凫生居士

顿悟心源开宝藏,更须笑展佛家风。
娘生面目从缘识,水鸟山花处处同。

示魁吾居士

顿悟心源开宝藏,金陵原是石头城。
万年不更长江水,一任诸人自濯缨。

示华宇居士

顿悟心源开宝藏，脚头踏着尽黄金。
更知锦帐春消息，石女穿花不用针。

示洪宇居士

顿悟心源开宝藏，钱塘江上弄潮来。
回途不顾衣衫湿，蓦地逢人笑满腮。

示振宇居士

顿悟心源开宝藏，相逢眉动便知音。
现前休问无生境，深涧流泉太古琴。

示莲溪居士

顿悟心源开宝藏，腰缠十万下扬州。
从来懒惯无他意，风自清兮水自流。

示冲玄禅人

顿悟心源开宝藏，魔王眷属尽家亲。
当轩明镜难逃影，毕竟无容一点尘。

示陈濠濮居士

顿悟心源开宝藏，真光原与世光同。
华严无限香云盖，旋复都归指顾中。

示方季康居士

顿悟心源开宝藏，毗耶城里是吾家。
大千掌内轻拈出，毫相辉煌塔影斜。

示卓无量居士

顿悟心源开宝藏，金针透穴不为难。
夜深懒听渔家乐，带月乘云下碧滩。

示熊□□居士

顿悟心源开宝藏，无荣无辱道人家。
一条白练随他去，动着些儿乱似麻。

示徐□□居士

顿悟心源开宝藏，脚头何地不青山。
肯将佛法生知解，迸破尘劳且学闲。

示郭玄朗居士

顿悟心源开宝藏，饭余策杖喜经行。
溪边折尽垂杨柳，展似眉毛作么生。

示余慎尔居士

顿悟心源开宝藏，缘生识得本来身。
莲花根发淤泥里，却笑居尘不染尘。

示端宇上座

顿悟心源开宝藏，江南江北不须分。
溪声山色西来意，万里青天万里云。

示应时上座

顿悟心源开宝藏，清风凛凛自江来。
从缘荐得相应句，踏破须弥顶上苔。

示三藏殿以监院

顿悟心源开宝藏，拈来瓦砾胜黄金。
阎浮游遍寻知己，得意终归只树林。

示栖霞一监院

顿悟心源开宝藏，木樨香后菊花香。
天明对镜穷颜色，原是东村赵大郎。

为六雪禅人入关

翻思昔日云门老，关字相酬最上机。
分付博山阇道者，莫教辜负翠岩眉。

为六雪禅人出关

始行大事六年雪，顿入圆明一片冰。
今日幸亲无缝塔，掣开关锁万千层。

四公案拈示六雪座元

没踪迹莫藏身，藏身处没踪迹。

吞干海水跃金鳞，澄江始见花狼籍。

什么物恁么来，曹溪路浪如雷。

说似一物即不中，大庾岭上网张回。

有佛处不得住，无佛处急走过。

三千里外摘杨花，逢人莫论蒲团破。

麻三斤干屎橛，才拈着心路竭。

簸破阇黎铁面皮，禅床皎皎三更月。

示方士雄居士（三首）

千贤万圣说惟心，识得应歌乐道吟。

就里了然无一物，山河大地尽黄金。

非佛非心非是物，谩劳皮袋吃酸辛。

现前境色清如洗，一一为君细指陈。

一滴灵源无变色，非今非古亦非新。

十方坐断重移步，不是潇湘不是秦。

示谢在之居士

识得云门一字禅，众生诸佛本同廛。

当机更问西来旨，陆地莲花朵朵鲜。

示汪心镜居士

来机即赴未为难，背触俱非肯綮间。
大火聚中看变态，真文不欲露全斑。

示吴鼎甫居士

脚头无地不青山，祖意还期顾盼间。
识得未拈花去处，是非不到饮光颜。

示玄京沙弥刲股愈母（二首）

父精母血得生身，须信从前彻骨贫。
这个皮囊都割尽，孰为我也孰为人。

世间大孝无如佛，童子心肠亦效之。
幻化门头开只眼，也须记取下刀时。

示何芝岳宗伯（二首）

道得溪深勺柄长，空花阳焰罢思量。
东抛西掷衣中宝，舌遍三千谩举扬。

世谛宁羁出世缘，追风逐日箭离弦。
当机觌面如亲荐，订约输盟不记年。

示阮澹宇郡伯

秋时落尽阎浮叶，何故黄花九月开。
惟识肯随渠变异，冷看漩澓去还来。

示雪航禅人

行尽千山与万山，逢人特地放痴憨。
一朝看破枝头月，始觉澄潭彻底寒。

示常庵禅人

识得真常便住庵，袈裟从教破毿毵。
橘皮汤作三更点，玩月歌杯下碧潭。

示智镌禅人

一片闲云归岭去，三间茅屋旁山隈。
乾坤裹向袈裟里，今日分明付大梅。

示彬颖禅人

三间茅屋随缘住，两朵眉毛要自伸。
好把偷心都死尽，始知布袋活如神。

示超尘禅人（二首）

滔滔滨水送行舟，剩有江南结胜游。
踏遍故乡田地日，归来应笑乱峰头。

脚跟一段真奇事，抖擞尘缘作么超。
禅者果知灯是火，鸟窠何必用吹毛。

示照浮禅人行脚（二首）

问君曾读五车书，抡管成文似有余。
我已摇鞭君信否，归家应笑倒骑驴。

倒骑驴子上扬州，却胜当年跨鹤游。
邵泊河边何境界，烟云深处水悠悠。

示成涵禅人省亲

几回梦入故家乡，麦饭葱汤谩忖量。
踏遍山川图甚事，只须亲见本爷娘。

示志西禅人（三首）

宗门底事皎如雪，软似金刚硬似泥。
无事夜行刚把火，须知脚下有高低。

分明两口一无舌，簸土扬尘无间歇。
突出海门大日轮，元来却是新罗月。

倒跨泥牛自在时，横吹铁笛咏新诗。
虽然挼出通身汗，下载清风付与谁。

示恒一禅人省亲

恒年一片切心肠，不问程途到上方。
今日还从原路去，归来亲见本爷娘。

示九如监院

荷担监院不寻常，铁额铜头颇厮当。
吃尽几多酸苦味，而今始觉菜根香。

示知止禅人送师回浙

殷勤特地送师回，此去还期此日来。
莫谓江头风景别，年年九月菊花开。

示剖密禅人

锡杖横挑入径山，风霜肯信髑髅寒。
千峰顶上牢收拾，若谓崎岖步转难。

示观一禅人

入岭还如出岭时，袈裟紧裹肚皮饥。
今朝不办山头供，云树依依任所之。

示宝岩禅人

奔驰何独豫章西，锡杖无辞脚下泥。
别子江边高着眼，红轮盘涌一声鸡。

示自繇禅人

听到天花撩乱时，宗门底事贵亲知。
翻身抹过毗卢顶，个是金毛狮子儿。

示印文禅人（三首）

觌面当机识印文，肯将世念自纷纭。
只教霜雪消融后，自有灵枝一带春。

至宝从来六不收，根尘界里自优游。
一朝和架都翻转，迸断中间与两头。

梦幻沤花人易会，沤花梦幻莫生疑。
世情彻底融通处，软似金刚硬似泥。

示石隐等琨侍者

苍石重岩挂碧霞，妙严锦上复添花。
回头忽见匡山路，五老峰前有活蛇。

示晓宇禅人

谯更连漏颇相当，眨眼还成孟八郎。
一觉天明无别事，法身元是臭皮囊。

示石浪禅人

长江石壁浪滔天，岸柳岩花亦眩然。
最喜澄潭潭底月，开眸不费草鞋钱。

示穆禅人

逢缘不尽谩云休，细看沩山五字牛。
肯信虚空成粉末，劫外无身何处游。

示玄诠禅人

玄猷端不涉言诠，过渡还乘没底船。

彼岸岂容些子法，逢人祗只叙寒暄。

示道开禅人（三首）

行脚年来路转多，白云冉冉莫蹉跎。

大庾衣钵今犹在，尽力荷担动得么。

行尽千山与万山，脚皮多笑口皮顽。

浑身不见些儿暖，火把分明觑面看。

侍者三年尚未劳，脚跟多被恶风摇。

此间佛法无人识，肯向而今动布毛。

示筵禅人落发

当机削去娘生发，露出摩尼顶上珠。

分付时人高着眼，此回亲见赤须胡。

示甫中禅人

甫中知见尽芟除，烈汉从来不蓄书。

只字片言都吐出，翻身却笑赵州无。

示印宗禅人

印破宗乘壮铁牛，溪南溪北恣优游。

忽朝蓦鼻穿归也，迥地遮天这一头。

示捷初禅人

云从谷聚谷生云，暧叇祇园别有春。
宝篆香消僧定起，阶前花雨几缤纷。

示陈之望居士

自家田地要耕耘，勤牧生羊莫乱群。
就里灵苗须早种，及时花雨几缤纷。

示去非禅人

自是不贪香饵味，三餐茶饭淡如饴。
舌根血尽经光现，好向深山种紫芝。

示僧

当轩宝镜若为容，影象全消顾盼中。
妙挟浑然无渗漏，谩将珍御杂顽空。

示印空禅人

空知四大元非我，印破娘生铁面皮。
讲到天花撩乱处，岩前石女夜生儿。

示沈东华使君

一餐斋罢一杯茶，扫地焚香诵法华。
幸得个中无别事，莫教黑豆又生芽。

示智璠居士

饥时吃饭冷添衣，正是维摩杜默时。
莫谓朔风吹不入，天寒也贵大家知。

示古邦居士

剔起眉毛休懒惰，法门底事勤担荷。
一朝撞破指头时，始觉从前都是错。

示樵阳居士

少室宗风无别法，从来涧水碧如蓝。
五台山顶金毛现，看破前三与后三。

刘和鹤居士赴试春官以草履送之。兼示四偈

曾闻赤脚下桐城，居士今朝怎么行？
草履紧包双指露，管教平地听雷声。

桂花香处露真机，正是心空及第时。
燕北风高如有雁，倩闲早寄博山诗。

草鞋踏破长安道，直入金台最上层。
壁上有僧高着眼，好将佛法继传灯。

脚跟点地瑞莲开，万仞峰头得意回。
有问草鞋何处觅，报言曾到博山来。

示周肯成居士

苦海中流弄钓竿，从渠漩澓不相参。
西江涓滴如吞尽，沙界都卢一座龛。

示胡法野居士

抖擞身无些子法，野情偏结世缘多。
当初大道如亲荐，笑杀台山指路婆。

示平宰居士

平心待物恒常事，高宰乾坤越样新。
突出衣珠如瓦砾，不妨随处是通津。

示余毓蟾太守

鹤长凫短自天然，何似君家白昼眠。
尽世诸人寻不着，星辰印破月中天。

送彭质先学博（二首）

一法空时万法空，万缘空处体皆同。
堂堂日用无他事，指点全彰顾盼中。

带雨山头纵步时，心空及第报君知。
现前佛法谁担荷，琪树琼花映绿醾。

示写照宝林居士

握管精神分外奇，此情惟有自心知。
宛然写出娘生面，千载人思上古时。

示黄子义居士请经回

为求半偈舍全身，居士今朝恁么行。
踢破指头谁证据，万余纸上话无生。

示素真居士请经回

剜肉燃灯为法来，脚跟踏破几苍苔。
牢把柁时急水去，鞋山顶上瑞莲开。

生成一片铁心肠，猛浪狂风颇厮当。
今日回观山顶月，逍遥谁谓脚跟忙。

剖尘直欲见全经，舟楫何辞泛远溟。
怪石狂风穿下过，此回始道佛家宁。

水陆兼行意颇安，石头城外走长干。
无边塔影光明种，今日方知会遇难。

示越山禅人

不从途路分阶级，只欲须弥顶上行。
倘与迦文亲觌面，问渠何处是缘生。

建安江岸示青林诸弟子（三首）

相逢倏尔半年余，丱角丫环妙挟初。
宝篆久沉宫漏冷，愿携香水灌毗卢。

逆水重重迭迭滩，相逢千里别离难。
回途石马如厮扑，邃壑幽林指顾间。

来时清冷去炎蒸，惹得山嫌腥臭名。
今日江滨何所适，剩余一叶扁舟轻。

示众禅人（二首）

一茎草上现琼楼，吸尽支那四百州。
赢得清风收白汗，何须特施使人愁。

天高地厚问端由，棒喝交驰卒未休。
换骨洗肠犹不是，谁知屋里贩扬州。

示杨兰似居士

投子山头不记年，赵州翻弄老婆禅。
夜行不许须亲到，公案而今始得圆。

示伏虎寺龙泉禅人（二首）

一蛇一虎每随身，劈面当机不顺人。
放不下时担取去，袈裟赢得岭头云。

金锡当年格斗时，畜生灵性更粗知。
而今识得鹅湖事，千载风规步不移。

示剡水船居

马迹尘踪岂不能，喜从水面伴禅僧。
绳床安向骊龙角，细柳长堤绍祖灯。

示自空禅人

舍却庵居云水游，腰包瓢笠喜干休。
虽然指出当阳道，歧路须防滑石头。

示蒋一个居士荐母（二首）

叱去泥牛木马，横拈玉线金针。
刺出真空锦绣，何须向外追寻。

从来不是众生，何用更求活佛。
放光动地者谁，唤作天真一物。

示连茂宇居士（四首）

人生一百岁，造化若浮云。
衣里珠无价，分明指似君。

世界何期久，尘缘仔细看。
升沉无了日，轮替骨毛寒。

欲寡神怡静，无嗔气自清。
修行知此意，何必问长生。

要紧惟慈恕，慈心即佛心。
了知慈是佛，不向外边寻。

示道开禅人

相聚吃茶去，斯人超一等。
不须彻夜行，露湿衣裳冷。

示放生者（二首）

想彼飞潜意，贪生与我同。
仍无冤对业，何事陷罗笼。

水上回头日，空中鼓翅时。
岂图荣贵作，悲运报君知。

示黄海岸司理（四首）

民财己财，民肉己肉。
不饮不荤，是中丞禄。

行无缘慈，运同体悲。
蓄之伐之，必也其谁。

齐之以刑，待之以礼。

善恶贤愚，如出诸己。

应缘海岸，树大法幢。
通身毛孔，吐旃檀香。

四咨

咨尔库头，正信因果。
一米不私，毋存彼我。
七果地狱，两饼饿鬼。
毫厘侵欺，过蛊毒水。
一绢一钱，猪头驴脚。
知罪福相，守如来约。
卖宝寿姜，燃石窗灯。
千年辛辣，万古光明。

咨尔化主，众生福田。
法轮未转，饮食须先。
粒米寸纱，智者可吓。
砖钱瓦钱，古今称讶。
持临济钵，勾大慧簿。
相随来也，笑倒圆悟。
古镜未磨，汝当下语。
黄鹤楼前，翱翔绝侣。

咨尔监院，持显持微。
勤俭辛苦，舍汝而谁。

以礼交宾，以和慰众。

先人后己，法门梁栋。

指甲许盐，龟毛许利。

倏忽有差，陷身于地。

古杨岐叟，终慈明代。

清光匪磨，传灯永载。

咨尔典座，变生为熟。

惟法相应，米中有粥。

张石巩弓，牧懒安牛。

一回入草，牵转鼻头。

遵如来言，信狮子吼。

偏众一汤，烊铜灌口。

乃圣乃贤，多务斯役。

踢倒净瓶，横趋而出。

净土偈（一百零八首，有序）

襄云栖师翁，将一句弥陀，簧鼓天下，人竞谓古弥陀再世。余弱冠心切归依，及行脚，被恶风吹入闽中，蹈宗乘阃域，念佛法门束之高阁矣。己亥鹅湖圆戒归，与缁素谈，及祖师巴鼻，因无可与语，复忆吾师翁慈惠恩大难酬。嗣后亦时将弥陀六字，结西方十万缘。间有议之曰："师宗门下客，何以搬此闲家具？"余曰："噫！是何言欤？莲花净域，诸祖咸趋。余何敢讳缘？引毫书一百八偈，以醒缁素。若唤作禅，唤作净士，一任诸人，强生节目，自不干老僧事。"时天启辛酉夏浴佛后五日识。

净心即是西方土，行遍西方步不移。
无影树头非色相，瞥然起念便支离。

净心即是西方土，念佛声消我是谁。
彻底掀翻谁字窟，三家村里活阿弥。

净心即是西方土，何必瞿昙万卷书。
霹雳一声聋两耳，全身拶入赵州无。

净心即是西方土，裂破阎浮归去来。
使得时辰颠倒走，金沙水面妙莲开。

净心即是西方土，倒岳倾湫我是谁。
少室山前亲撞入，红炉猛焰雪花飞。

净心即是西方土，带累同缘祸及身。
五蕴六根成粉末，伶仃好笑又惊人。

净心即是西方土，亲到方能辨祖宗。
吸尽澄江高着眼，镜清水底日头红。

净心即是西方土，点铁成金喻不齐。
细抹将来浑小事，莫教辜负老僧兮。

净心即是西方土，拄杖横挑布袋行。
贵买得来仍贱卖，慈门无价不须争。

净心即是西方土，倒跨昆仑入海门。
行到水穷山尽处，灼然别是一乾坤。

净心即是西方土，千圣同登没底船。
石壁丹崖都撞过，而今始觉脚皮穿。

净心即是西方土，扫地焚香事事宜。
两口不开生白醭，此情惟有木人知。

净心即是西方土，澄不清兮搅不浑。
更问乐邦何处是，好将此语教儿孙。

净心即是西方土，海底红尘涌瑞花。
万亿劫来成底事，今朝特地献袈裟。

净心即是西方土，楚水秦山路坦平。
禅客莫生高下想，脚跟点地最分明。

净心即是西方土，赤脚波斯入大唐。
突出衣中无价宝，这回不做探花郎。

净心即是西方土，锦绣乾坤净业成。
一句弥陀才吐出，昂藏皮袋廓然清。

净心即是西方土，一句弥陀一佛成。
大地咸成银世界，更于何处睹明星。

净心即是西方土，烧尽阎浮栗棘蓬。
贴肉汗衫都卸却，堂堂独露主人公。

净心即是西方土，肉髻明珠不用亲。
万八程途弹指到，莫教辜负好时辰。

净心即是西方土，炯炯毫光劫外春。
作佛尚嫌忙世界，那得闲情趁鹿群。

净心即是西方土，蕴界元空极乐邦。
万境无人谁会得，一轮明月照澄江。

净心即是西方土，妙理玄谈总不论。
宝鸭香消帘倒卷，却于无佛处称尊。

净心即是西方土，碧眼胡僧笑点头。
顺色摩尼如瓦砾，谁云宝阁及琼楼。

净心即是西方土，月老冰枯兴正骄。
一带晴空无限乐，分明底事不相饶。

净心即是西方土，一念无生唤不回。

好把两头都坐断，春风吹起劫前灰。

净心即是西方土，口说无凭步最亲。
烂坏木鱼轻击着，几多花雨乱缤纷。

净心即是西方土，待客迎宾似不曾。
光剃头兮净洗钵，浑然天地一闲僧。

净心即是西方土，直裰原来重七斤。
只教氉氃成片去，不须礼拜复殷勤。

净心即是西方土，三昧尘劳总不知。
野菜和羹消日子，无生一念越僧祇。

净心即是西方土，鼾睡须知被底穿。
一觉天明无别事，三餐茶饭又依然。

净心即是西方土，打破画瓶归去来。
无影树逢腊月火，春风偏向百花开。

净心即是西方土，极乐都无众苦侵。
一句弥陀光烁烁，花开见佛不须寻。

净心即是西方土，六月严霜遍地铺。
突晓途中人不讳，冰怀炯炯道情孤。

净心即是西方土，突出娘生双眼睛。
四圣六凡都坐断，胸襟铁铸没人情。

净心即是西方土，行树常开白玉花。
长者倚门终日望，玲珑何事不归家。

净心即是西方土，荷叶无风浪打翻。
透网金鳞谙水势，而今触处是痴顽。

净心即是西方土，雨洒云蒸分外奇。
一具骨头鸣历历，振声也要大家知。

净心即是西方土，德水常清七宝池。
佛法要从何处入，微风才动念声时。

净心即是西方土，水月松风彻底清。
觌面不知真趣向，临终何用佛来迎。

净心即是西方土，奕叶相承镜里花。
非树非台如会得，本源无地长灵芽。

净心即是西方土，树倒藤枯句里亲。
大笑一场人不委，相随来也是关津。

净心即是西方土，水鸟时常演妙音。
黄面瞿昙慈太煞，都缘一片老婆心。

净心即是西方土，石上灵踪万古存。
拄杖头边亲摸着，了然无事大沙门。

净心即是西方土，廓彻无依绝异同。
鼓掌狂歌经几劫，眉毛血溅梵天红。

净心即是西方土，踏断桥梁见古村。
瞥尔常光穿脑过，优游三界独称尊。

净心即是西方土，净土不闻寒暑侵。
几阵香风来水面，无边化鸟尽归林。

净心即是西方土，一句弥陀当路头。
家破人亡何处去，慈门无饵不须钩。

净心即是西方土，狼籍囹圄总不成。
肯信弥陀居浊界，空中惟听散花声。

净心即是西方土，官不容针车马通。
古木鸦声才歇得，一轮明月出烟笼。

净心即是西方土，朗月当空照胆寒。
百岁老人分夜火，剩摇木铎笑更残。

净心即是西方土，木马嘶风过汉秦。

踏破髑髅谁是主，多年故旧一时新。

净心即是西方土，包纳虚空干不干。
独有狸奴精古怪，破颜微笑两三番。

净心即是西方土，捏死猢狲迸出头。
万亿劫中弹指到，弥陀无量有来由。

净心即是西方土，古涧寒泉吞吐难。
彻见赵州真面目，横行直撞不相干。

净心即是西方土，瓶里鹅儿唤出来。
自己主人长夜梦，一声佛号不须猜。

净心即是西方土，孝满曹山好酒颠。
吸尽乐邦消息子，笑看烈火绽青莲。

净心即是西方土，无相光中有相身。
心境牵缠成鬼戏，谁为我也孰为人。

净心即是西方土，向上传灯语亦非。
幻化图中开只眼，何须更欲问玄微。

净心即是西方土，开口何曾道得来。
独许通玄峰绝顶，万年石上长青苔。

净心即是西方土，下载清风付与谁。
白汗流通浓滴滴，垒堆赢得一身肥。

净心即是西方土，露柱灯笼笑未休。
吃尽世间酸苦味，蒲团剩有暗香浮。

净心即是西方土，琴瑟无弦太古音。
韵出海潮无限意，徽轸永绝去来今。

净心即是西方土，狭路逢人话短长。
两耳聋时听愈好，乡音谁与辨宫商。

净心即是西方土，彩笔将来画不成。
深夜石床无伴侣，鼾然一觉已天明。

净心即是西方土，独宿孤峰境更赊。
万仞岩前亲瞥地，袈裟角上带些些。

净心即是西方土，教外须知别路行。
若是祖师门下客，破颜端不论无生。

净心即是西方土，优钵无根满树花。
不许老胡闲太惯，龟毛景色乱如麻。

净心即是西方土，古曲无音和者稀。
昔日沩山亲嘱咐，大书五字载毛皮。

净心即是西方土，拥毳酬机花药篮。
更问此间多少众，前三三与后三三。

净心即是西方土，瓶泻何曾梦见来。
缺齿老翁惟面壁，一花五叶至今开。

净心即是西方土，皮袋还知痛痒无。
掉转乾坤何境界，夜明帘外夜明珠。

净心即是西方土，仙果奇葩带露看。
金色头陀才觑见，倚天长剑逼人寒。

净心即是西方土，翻着襕衫倒着靴。
若是韶阳亲的子，可擒可纵雪峰蛇。

净心即是西方土，入水乌龟陆地行。
换尽皮毛并骨髓，而今特地可怜生。

净心即是西方土，扑碎挪丸总不妨。
本性弥陀无向背，广长舌上妙莲香。

净心即是西方土，措大拳头认得么。
这里不曾分胜负，临机何用动干戈。

净心即是西方土，峻急滩头下脚难。

糙石深坑亲历过，弥陀觌面莫颠顸。

净心即是西方土，夺食驱耕事太繁。
何似懒残无用汉，逢人含笑竖空拳。

净心即是西方土，三岁孩儿尽白头。
读罢世间经史后，洞然无物饱駒駒。

净心即是西方土，腊尽多烧破纸钱。
拍掌又逢新日月，万花堆里看龙眠。

净心即是西方土，相见扬眉落二三。
古道不存车马迹，舌头无骨定司南。

净心即是西方土，带发留须表丈夫。
赤尾金鳞才跃出，澄潭无水浪花粗。

净心即是西方土，魔界空时佛界空。
世界闲云收拾尽，一轮迸出海天红。

净心即是西方土，穿市波斯读梵书。
百丈当年开大口，至今称谓赤须胡。

净心即是西方土，空里狂花镜里头。
看破两桩奇异事，端然屋里贩扬州。

净心即是西方土，逐队随群粥饭僧。
一饱饥疮无别事，殷勤只奉佛前灯。

净心即是西方土，古寺清幽月到窗。
夜半捉来床畔鼠，天明飞出绣鸳鸯。

净心即是西方土，眼里瞳人筑绣球。
搬弄世情浑不了，廓然无事且干休。

净心即是西方土，海底珊瑚望月生。
独角龙王开眼看，嶒嶝古路少人行。

净心即是西方土，毒药醍醐一器盛。
杀活从来都在我，放开捏聚不须惊。

净心即是西方土，罔象玄珠不足称。
要会老僧无味句，破驴脊上走苍蝇。

净心即是西方土，呼遣南山鳖鼻蛇。
弄罢浑成闲笑话，树头无影乱啼鸦。

净心即是西方土，浩浩尘中射鹿回。
祇个随流人不禀，禅门无句语如雷。

净心即是西方土，拨尽寒灰火一炉。
不用吹红并泼杀，三餐茶饭嘴卢都。

净心即是西方土，破烂袈裟撩乱遮。
莫道老侬无气力，囊中藏个赤斑蛇。

净心即是西方土，磐石无根笋未抽。
大海不惊连夜雨，木人歌舞妙莲舟。

净心即是西方土，生则生兮步不移。
打破大唐国里看，须知脚下有高低。

净心即是西方土，火里蜘蟟吞大虫。
才起一丝分别想，山重重又水重重。

净心即是西方土，斫额西方万八千。
弹指顿开无碍眼，西方端不费盘缠。

净心即是西方土，苦海无波一掌平。
世界三千挑不起，全身放下梦初醒。

净心即是西方土，托钵空回肚不饥。
沙米淘来成底事，盖因衣里有摩尼。

净心即是西方土，竖起眉毛吓杀人。
禅客相逢弹指去，丹霞输却破头巾。

净心即是西方土，出世韬光任所之。

无始业缘都吐尽，莫教换却好毛皮。

净心即是西方土，足下烟生脑后光。
苦海久迷安养国，一枝芦叶当慈航。

净心即是西方土，活计从来天样宽。
个里本无元字脚，千年故纸不须钻。

净心即是西方土，悟了还同未悟时。
浊恶界中无拣择，多因脚下绝参差。

净心即是西方土，猛虎喉中活雀儿。
邂逅老僧无管带，趁闲多写乐邦诗。

百家同吟咏

德韶 (891—971)

五代时期人，是禅宗法眼宗二祖，住天台山，吴越王钱弘俶尊其为宗师，封"国师"。俗姓陈，字惠舟，处州龙泉人，一说处州缙云人。十五岁出家，十八岁受具足戒。唐同光至长兴三年（925-932）开山肇基，驻锡博山。著有《传灯录》。

偈

通玄峰顶，不是人间。

心外无法，满目青山。

注释：

通玄峰即为博山的通元峰。无异元来禅师《净土偈》第六十首有云："独许通玄峰绝顶，万年石上长青苔。"（北京图书馆出版社《禅宗全书·语录部二一》）

颂

暂下高峰已显扬，般若圆通遍十方。

人天浩浩无差别，法界纵横处处彰。

（《博山能仁禅寺志》）

慧日（生卒年不详）

宋初，驻锡博山，为六祖下第十四世。俗姓邱，广丰人。廿岁出家，于明心寺得度。性静少语，凡有所问，以莫晓答之。令乡民称其为邱师伯。圆寂于博山。

偈

邱师伯莫晓，寂寂明皎皎。
日午打三更，谁人打得了。

（《博山能仁禅寺志》）

无隐子经（生卒年不详）

世称无隐子经禅师。为南岳下十四世，黄龙惟清禅师法嗣。驻锡博山，传临济宗黄龙派禅法，宗风盛极一时。《嘉泰普灯录》卷十、《王灯令光》卷十八有传。

偈（岁旦上堂）

和气生枯蘖，寒云散远郊。
木人占吉兆，夜半露龟爻。

（清康熙《广永丰县志》）

大慧宗杲（1089—1163）

字昙晦，江南东路宣州宁国（今安徽宁国）人，俗姓奚，临济宗僧人，是宋代禅宗史上"看话禅"派的创始人，法名妙喜，赐号"大慧普觉禅师"。曾驻锡博山。宗杲生活于北、南宋之际，在南渡后倡明儒佛渗透、回应儒家辟佛方面立下大功。他不仅是连结南北两宋僧人与儒学的重要环节，而且也是南宋佛教史上最具代表性的人物。

皇帝在建邸请升堂偈（二首）

豁开顶门眼，照彻大千界。
既作法中王，于法得自在。

大根大器大力量，荷担大事不寻常。
一毛头上通消息，遍界明明不覆藏。

赵提宫请升堂偈

言前荐得已天涯，句后承当路转赊。
一击铁关如粉碎，水天空阔雁行斜。

偈

佛之一字尚不喜，有何生死可相关。

当机觌面难回互，说甚楞严义入还。

（《博山能仁禅寺志》）

永觉元贤（1578—1657）

明末清初禅僧，俗姓蔡，字永觉，世称"永觉元贤"。建阳（今属福建）人。少年时为名诸生，嗜周程张朱之学，25岁时从人修习《楞严》《法华》《圆觉》三经。翌年，参谒曹洞宗禅师无明慧经，决意学禅。至40岁，双亲继殁，正式从慧经落发，得印可。慧经去世，又往博山依无异元来，并受具足戒。出世说法，曾先后住持福州开元寺等。禅学自成一派，世称"鼓山禅"。嗣法弟子有为霖道霈等。道霈继承福州鼓山法席，前后二十余年弘扬"鼓山禅"，使鼓山成为东南一大法窟。著有《永觉元贤禅师广录》著三十卷，另著有《继灯录》《补灯录》《建州弘释录》《法华私记》《楞严翼解》《楞严略疏》《金刚略疏》《般若心经指掌》等多种佛学著述。

博山和尚赞

从玉山绝却路头，向峨峰安下鼻孔。

锦绣囊中飘异香，虚空面上钻窟霞。

牢把铁关不暂开，末后谁能继其踵。

辞博山归闽（二首）

勉持瓶锡出闽山，为取先师最后关。
历尽艰辛无可得，如今掉臂却空还。

三秋稳坐蒲团月，此日翻携拄村云。
自是衲僧无定轨，难将行止向君论。

送僧归博山

草鞋似虎寻归处，趣得东风出岭去。
须记玄沙岭上时，指头踢破海天曙。

哭博山和尚

法幢高竖大江西，独握群育剔翳鎞。
正喜法雷喧上界，忽惊慧月落前溪。
池头雾暗龙犹泣，岭上台空风不栖。
深痛妖踪犹满地，于今谁鼓战中鼙。

讲经台

天半嵾嵯石壁开，林光掩映法王台。
经声只许孤峰听，不用天华动地来。

禅那窟

大唐国里岂无禅，一窟云中却宴然。
坐断千峰天地里，一声鸡唱日孤悬。

灵源桥

潺湲曲曲泻银河，横架飞虹蘸绿波。
试探灵源深几许，白云幽渺碧萝多。

（注：讲经台、禅那窟、灵源桥三境俱在博山）

送净和师归旧隐

近日禅和多似粟，逢人个个阿漉漉。
尽言生死不相干，藕丝绊倒如禽犊。
吾师参得博山禅，半生甘伴白云宿。
不将半点挂人间，恬然稳坐三间屋。
一条柱杖入深云，千寻寒木藏幽谷。
岂比诸方垢腻禅，红尘堆里苦驰逐。
今夏重来石鼓山，儆予不啻再三告。
清晨别我还故居，屹屹孤风良绝俗。
末法如君有几人，顿令千载仰芳躅。

雪关智訚（1585—1637）

明代禅僧，俗姓傅，字六雪，号雪关。江西上饶人。幼年丧父，8 岁依景德传法师出家。26 岁参博山来祥禅师，偶见槽厂磨鼻拽脱，遂有省。呈偈曰："直下相逢处，由来绝覆藏。舌头原是肉，嚼碎也无妨。"获印证，为曹洞宗传人。天启七年（1627），出主瀛山，崇祯四年（1631），继度博山。智訚秉性宽厚，说法不假思议，文笔清新，故士大夫乐与之游。著有《雪关禅师语录》十三卷行世，另著有《摘灯录》《炊香堂诗文集》。

如意颂赠余集生居士

三到博山门，此到更为切。
君如先师意，善解同心结。
天关妙能旋，地轴何愁折。
指挥生风云，运行扶日月。
陟翼皇度人，分明得这橛。

博山老和尚赞

两道眉毛扫太空，一条柱杖活如龙。
袈裟包裹三千界，唯有瀛山不在中。

博山八景为郑相国方水

卓锡泉

天台卓庵日，应手灵泉沸。
金山顶上尝，可是此中味。

讲经台

空生岩下坐，雨花落如霰。
白马未曾来，早已传经遍。

浴龙池

龙驯风雨息，清水浸莓苔。
坐石间看惯，猿归鹿又来。

栖凤岭

石壁桐花落，山空小鸟飞。
岭头霞色起，知是凤来仪。

灵源桥

雨过夜塘深，鸬鹚飞欲起。
桥上望秋山，影倒流水里。

禅那窟

禅那即此窟，此窟即禅那。

七个蒲团破，依然蹉过多。

玉罏峰

大地为洪罏，虚烟作沉水。
借问未拈时，香风自何起。

金绳界

界以金绳名，路自青荆上。
坐断孤峰人，不作怎么想。

雪关歌（博山掩关时作）

天地一遽市，古今谁构始。
而我掩斯关，安居毛孔里。
毛孔不窄关不宽，金乌玉兔时往还。
照见幻栖关里事，玲珑八面浑无阻。
坐听流泉松下鸣，倒看云影峰头露。
青天放眼膛不睹，石人咳唾生风雨。
有时藏身没踪迹，槛外橘枝分野色。
有时没迹莫藏身，钓尽寒潭跃浪鲸。
此关何为雪呼六？六月红罏飞霰扑。
我关不记春与秋，花开叶落山常幽。
我关不占天和地，一段光明覆无际。
我关非内亦非外，扁舟荡漾游沧海。
我关非动亦非静，旋岗偃岳心恒定。

万象为关关万象，空合空兮联帝网。
卑而不下高不危，疏而不漏暗复朗。
　　谁谓此关小？圆合大虚无欠少。
　　谁谓此关大？只在一尘含法界。
法界所有关中聚，笑掷大千为戏具。
法界无物关中空，放开捏聚如游龙。
龙飞虎步姿腾踏，板桥忽动霜蹄滑。
辟破云门一字关，剔起眉毛还险煞。
有问关中主若何，指头无逢全机活。

破院歌

　　博山能仁禅寺明隆庆初（约1567）遭遇一场巨火，殿阁崇楼荡为灰烬，道场一片瓦砾，破落不堪。明万历壬寅年（1602），邑之孝廉刘和鹤等人入闽之白云峰礼请元来禅师至博山。初，居于难以藏身的破院。因而，他自嘲为"破落僧，住破落"。智闇为他写下这首歌：

　　　　破落僧，住破院，破破落落无藏闪。
　　　　十方通洞没遮拦，玲珑一座通王殿。

　　　　树为灶，苔作簟，一家脱粟千家膳。
　　　　竹笕泉分花坞来，石头搞火烹茶便。

　　　　客到稀，僧过少，寡逢迎子罕谈笑。
　　　　扶把犁儿放却牛，攀岩独坐看云鸟。

猿窥厨，鹿饮碉，相迎相亲如作伴。
长打门前之绕行，知予胸次扶岩岸。

松何苍，峰何秀，石壁潺潺下飞流。
身在千岩万壑中，道人们履君知否。

子情怀，极潇洒，山灵供轴天然画。
闹热门庭让别家，烟霞萧敷过王伯。

阿呵呵，煞颠倒，说甚禅机谈甚道。
顺情逆境两重关，几个不随分丑好。

体归圣，莫轻凡，把论前三与后三。
索价楂天夸至宝，争如伸脚放痴憨。

虎踞前，豹哮后，见我耽如垂耳狗。
生平独恶不关怀，推化狞心如拉朽。

浪舟忧，空过虑，恐怖之中观自在。
自家佛殿好庄严，依报阙甚也无疑。

嫌淡薄，爱温饱，此等何由知道妙。
一生传律着何衣，千古高标人莫造。

从荒凉，任倒坏，破而不破真如界。

弹指轻开楼阁门，作败明州敢布袋。

老杨歧，古成鼎，黎床即雪那伽定。
更有栽田博山翁，令人想象片饶兴。

破落僧，住破院，意趣幽深人不见。
流俗阿师未必同，纵居华庄坐忻厌。

偈

直下相逢处，由来绝覆藏。
舌头原是肉，嚼破也无妨。

（清康熙《广永丰县志》）

六年后任首座时赠偈

觑破云门一字验，千里百匝妙循环。
如今识得东风面，优钵罗花温界颜。

（智闿为弟子弘恩偈）

雪峒道奉（1591—1670）

明朝年间高僧，字雪峒，福建建阳人。道奉禅师自幼不吃荤腥，后出家为僧，修行佛法，曾拜谒高僧闻谷和尚、博山大师。

偈

人来问疾无余对，十个指头八个丫。
觌面终朝不解荐，那堪撒土又抛沙。

（清乾隆《广丰县志》）

偈

放不放下又放下，符至奉行归去罢。
风景家山直下看，焰里芙蕖开玉夜。

（清乾隆《广丰县志》）

开悟偈

柏子焚残焰欲无，邻鸡忽听一声呼。
昔年错认驴窥井，今日方知井觑驴。

（《五灯全书》）

觉浪道盛（1592—1659）

明末清初江苏金陵天界寺僧。号觉浪，书林东苑禅师法嗣。俗姓张，闽北柘浦（今福建省浦城）人。盛公六岁出家于福州鼓山涌泉寺。立志于学，勤研经典，严守戒律。随元镜禅师，并曾师从寿昌、博山等禅师，后归武夷山侍从元镜。在虎跧岩顶到经三载，佛光灌顶，尽得曹洞宗旨。有《学庸宗旨》《庄子》，提正《宗三宝》及《语录》百余卷行世。

偈

万象指头明卓异，纵擒不换机何利。

无端拶断破蒲鞋，翻然直入千峰去。

（清乾隆《广丰县志》）

立春偈赞

昨日年正今立春，双兮锦缝露天真。

夜明帘外无私照，金殿光含化育新。

（山西五台山普化寺《禅门立春偈赞法语》）

栖壑道丘（1586—1658）

字离际，晚号栖壑。广东顺德人，俗姓柯。开山云顶，因号云顶和尚。从碧崖剃染，礼法性寺寄庵大师受圆具戒。后访六祖新州故址，道经端州，入主法庆云寺，为鼎湖开山之祖，清光绪《广州府志》卷141有传。

寄博山首座雪大师

夺得吾师肘后符，宗门牢落赖匡扶。
镆铘横按非洿乎，宝镜高悬正是渠。
聚散缘繇谁变异，往来何假雁传书。
玄沙白纸三缄密，千里同风井觑炉。

灵峰蕅益 〔1599—1655〕

明代僧人,俗姓钟,名智旭,字蕅益,又名际明,别号八不道人。江苏吴县人。被奉为净土宗九祖,与憨山德清、紫柏真可、云栖祩宏并称"明代四大高僧"。二十四岁时,从憨山禅师弟子雪岭禅师剃度为僧。对佛教各宗均有研究,主张融合天台、华严、唯识各派,而以天台为主。曾历游江浙闽皖诸省,平生专注于研究各类佛典并讲经和著述。

赠壁如兄掩关用博山原韵

萧然一室胜嵩山,觑破禅机只等闲。
但莫将心拟墙壁,去来何处不长安。

惺谷寿得出家阄,将往博山剃发(二首)

昔年相识五云间,何似今朝契更专。
其过讼应深激励,他山石不习柔便。
春回顿改残冬色,雪积逾增翠竹妍。
从此共祛寒气尽,悠悠舜日与尧天。

去年爱我亦芬芳,独善为怀兑可商。
破格一朝诚不易,匡扶千古岂寻常。
芒鞋破处脚跟稳,拄杖回时手眼良。

寄语守株门下客，同将祖道苦茗尝。

曹溪行呈无异禅师（有序）

不肖旭，初信佛法，闻有等假称悟道，诳惑世人，甚伤之。读《博山警语》，窃喜正法犹在。私谓一种良方耳。后见山中禅客，惟一句死话头。不为优免牌，便为系驴橛。入理处尚不可得，况向上一着不住于理者邪？迩年狂罔，往往有谤博山者，方疑必有不同流俗处，故感恶言供养，访于悭谷。谷曰："不能如大医王，善疗众病，而破痈拔毒一科，所专精也。不能如主兵臣，尽征不服，而搜奸察伪守关老吏也。"于是匍匐参请，方知大师乘大愿，具大力，运大悲，扩大量，果与诸方不同。藐予小子，以禅治惑，以律扶衰，虽一刀直入，不能为嫡骨之儿。而三学相阶，亦可作白茅之藉。况与悭谷寿交，于师有伯父谊，敬赋俚言。

法王示寂朝日冥，众圣不住暮拂电。
狐涎腥臭溅九州，狮猊喘息仅如线。
此时不有至人吊，孰与群生摧怨敌。
吾师愍此乘愿来，直饮曹溪源一滴。
一滴沾腹彻骨康，出窟謦呻增威力。
四望高吼声未极，百兽跻腾惊避匿。
堪嗟野干诈相亲，拾取余残诳他国。
自惭不具超方眼，以耳为目宁相识。
今日相逢非偶然，嗣法无缘聊嗣德。
愿将一滴曹溪源，衍作百千大海渰。

愿将法海百千流，汇作曹溪源莫测。

九陛能令帘幕高，三宗莫作鼎足勒。

藐尔予怀庶可舒，从兹共作能仁翊。

博山无异师伯像赞（二首）

貌伟神丰，心慈体劲。

向空观以入门，从寿昌而断命。

坚持不肯家风，痛洗今时禅病。

既存彻困婆心，何必单提正令？

只嫌一句葛藤窠，留与儿孙作话柄。

没踪迹处莫藏身，老妇依然犹叹镜。

此是博山老汉，肚里绝无思算。

逐出魍魉山精，送与群魔作伴。

虽然未得儿孙，却胜诸方杂乱。

咦！

把定牢关不放人，至今闻者犹惊惮。

净土偈（十四首有序）

博山禅师，拈《净土偈》，每云"净心即是西方土"，盖以因摄果也。读者不达，遂至以理夺事，几成破法。予触耳感怀，每拈"西方即是唯心土"，俾以事扶理，聊附补偏救弊之职云。

西方即是唯心土，无上深禅不用参。
佛向念中全体露，更生疑虑太痴憨。

西方即是唯心土，离土谈心实倒颠。
念念总皆归佛海，生盲重觅祖师禅。

西方即是唯心土，得见弥陀始悟心。
寸土不存非断灭，堂堂相好寂光身。

西方即是唯心土，欲悟惟心但念西。
舌相广长专为此，更求玄妙抑何痴。

西方即是唯心土，无相非从相外求。
拟欲将心取无相，灵龟曳尾转堪忧。

西方即是唯心土，未识西方岂识心。
逝子谬希圆顿解，却将落叶作黄金。

西方即是唯心土，更觅唯心见已违。
光影揣摩成活计，莲邦何日薄言归。

西方即是唯心土，拟拨西方理便乖。
极乐一尘同刹海，假饶天眼未知涯。

西方即是唯心土，趁到同居第一关。
但得九莲能托质，寂光何虑不时还？

西方即是唯心土，土净方知心体空。
一切境风犹挂念，云何妄说任西东。

西方即是唯心土，莫把唯心旨趣诬。
迷悟去来元藏性，谩言平等却成迂。

西方即是唯心土，白藕池开不用栽。
一念顿教归佛海，何劳少室与天台。

西方即是唯心土，三昧中王道最微。
瞥尔生疑千古隔，咬钉嚼铁莫依违。

西方即是唯心土，慧日高悬第一机。
事理双融真净业，现前何法不玄微。
（北京图书馆出版社，曹越主编《灵峰宗论》）

元祚弘裕（1633—1686）

字玄祚，一作元祚，号约庵。德兴傅氏。幼依宿云
昙为童行。年二十礼博山雪碉道奉剃染，圆具，依止参究。
顺治间住宿云，越三载，奉召归，始承嘱隶，康熙十六
年（1677）继席博山。曹洞宗博山系祖师无异元来禅师
嗣传第二世。

开悟偈

熟眠无梦主何安，始觉从前被热瞒。
自倒应顺还自起，未曾相隔一毫端。

（《五灯全书》卷 117）

玄锡弘恩（1598—1646）

半俗子，亦曰宗头陀，讳弘恩，字玄锡，号祖昙，瑞昌镇国华公第四子也。天潢一派，叶玉枝金，因见同欢朱履月逝十余人，惘然有省。万历四十六年（1618），二十一岁于博山从无异元来出家受具，退依闾禅师为师。

偈

究验芝眉窥柳眼，微攀杏脸睡桃腮。

摔破一天些子地，不萌枝上凤凰喈。

（清乾隆《广丰县志》）

以此偈答智闿

关前十字真赚验，侧掌韶阳钩锁环。

要识而今真面目，拈花重笑饮光颜。

（《博山能仁禅寺志》）

徐安国（生卒年不详）

字衡仲，号西窗，上饶人。幼从龚姓。隆兴元年（1163）进士，任岳州学官，后知连山县。寓居上饶与稼轩、韩元吉等人友善，他仕途偃蹇，到淳熙末又任福建安抚司干官，稼轩曾赋《满江红》词送行。著有《西窗集》，已佚。

游雨岩有感

山鬼挽留坚不动，雷师驱策病难禁。

何如稳卧寒岩底，一任苍生属意深。

（《永乐大典·西窗集》卷九七六三岩字载其诗）

附：淳熙末出仕福建安抚司干官，稼轩赋词送行。

满江红

送徐行仲抚干衡仲之官三山，时马叔会侍郎帅闽

绝代佳人，曾一笑、倾城倾国。休更叹、旧时青镜，而今华发。明日优波堂上客，老当益壮翁应说。恨苦遭、邓禹笑人来，长寂寂。

诗酒社，江山笔。松菊径，云烟展。怕一觞一咏，风流弦绝。我梦横江孤鹤去，觉来却与君相别。记功名、万里要吾身，佳眠食。

赵蕃（1143—1229）

字昌父，号章泉，原籍郑州，侨居信州玉山。北宋朝散大夫赵旸曾孙，南宋中期著名诗人、学者、理学家。以曾祖荫入仕，初仕州文学，后任浮梁县尉、连江县主簿、太和县主簿。调任辰州司理参军，为辩冤狱与郡守力争，罢官。后绝意仕途，归隐玉山。宋理宗即位(1224)，召为太社令，不拜。特改奉议郎、直秘阁，皆辞。朝廷下诏予祠，依直秘阁致仕。宋理宗绍定二年（1229），以八十七岁高龄辞世。景定三年（1262），秘阁修撰郑协等请谥，朝廷追谥"文节"。江西诗派代表人物之一，与韩淲（涧泉）有二泉先生之称。其诗集《乾道稿》《章泉稿》《淳熙稿》（一、二、三）被编入《四库全书》。

博山道中

春阴春晴往复佳，园花落去逢山花。

城中小驻欲十日，坐觉老眼孤芳华。

中团寺前惯休歇，故向博山寻曲折。

眼中奇处要使传，倚赖笔端真有舌。

（《淳熙稿》（一）卷五，第96-97页，七言古诗）

呈辛卿（二首）

诗老当年聚此州，迩来零落尽山邱。
公虽堑尔淹时用，天岂特令继夙游。
幽事傥多尘事绝，灵山孰与博山优。
林栖相去无百里，窈窕崎岖可后不。

今昔名流几许人，况于室迩更身亲。
南州行卷虽云旧，东阁知名固若新。
再见每怀风度远，两年空恨往来频。
其谁为我谈名姓，车辙勤公野水滨。

（《淳熙稿》（三）卷十五，第317页，七言律诗）

韩淲（1159—1224）

字仲止，一作子仲，号涧泉。韩元吉之子。南宋诗人。祖籍开封，南渡后隶籍信州上饶。从仕后不久即归，有诗名，著有《涧泉集》二十卷、《涧泉日记》三卷、《涧泉诗馀》一卷。

夜过博山

山行迫昏黑，乞火野人家。

阴风振林壑，水激沟港斜。

扶舆听鸣钟，尚觉涂路赊。

叩门得兰若，僮仆欣不差。

老僧为作茗，跌坐谈无涯。

子夜各休去，幻境良可嗟。

（沈阳出版社《四库全书珍本初集》集部·别集类《涧泉集》卷二，第10467页，五言古诗）

雪后过雨岩访履道

读书了科诏，公子显扬谋。

岁寒松柏坚，高冢蔚而幽。

书棂耿冰砚，日屋岚未收。

上焉国脉寿，下焉民瘝瘵。

父母凛遗体，操持梦前修。

四载得重来，长言非燕游。

樵苏行迹稀，雨岩丁岭头。

共饭少徘徊，我志君勿求。

（沈阳出版社《四库全书珍本初集》集部·别集类《涧泉集》卷四，第 10491-10492，五言古诗）

注：

履道，即赵履道，为南宋著名政治家赵汝愚（1140-1196，字子直，上饶余干县人，乾道二年状元，官至参知政事，右丞相）二子，名崇范，在赵氏宗族兄弟间排行第十，故韩淲诗题，除去称履道外，称呼最多的就是赵十，韩淲与其关系甚好，《涧泉集》中多达 36 首诗涉及，涉及其兄履常的诗也有 7 首，时赵履道在博山雨岩学舍求学科诏备考。

和韵赵十

能为博山游，想度丁公岭。

风乎雨岩幽，泉石景逾静。

人谁无雅识，每每痼俗境。

书传所兴起，更复史集订。

于其游息间，趣味必隽永。

如君英妙年，宦达在俄顷。

因问知好修，何事不加省。

里居得往还，时亦具果茗。

诗来予和女，老意转苏醒。

（沈阳出版社《四库全书珍本初集》集部·别集类《涧
　　　泉集》卷五，第 10518 页，五言古诗）

赵十重整山堂南北苍翠在望

水南常只见灵山，城市谁曾顾此间。

空占巃嵸成晻霭，安能嶙峋尽回环。

高堂知整轩窗静，曲径应多草木闲。

眼界一亲心更远，属联佳句不当悭。

（沈阳出版社《四库全书珍本初集》集部·别集类《涧
　　　泉集》卷十一，第 10595 页，七言律诗）

朱卿入雨岩，本约同游，一诗呈之

雨岩只在博山隈，往往能令俗驾回。

挈杖失从贤者去，住庵应喜谪仙来。

中林卧壑先藏野，磐石鸣泉上有梅。

蚤夕金华鹿田寺，斯游重省又遐哉。

（沈阳出版社《四库全书珍本初集》集部·别集类《涧
　　　泉集》，卷十二，第 10611 页，七言律诗）

注：

朱卿，即朱熹。朱熹自淳熙八年十月除提点浙东常平茶
盐公事，九年八月因弹劾唐仲友案改除江西提刑，朱熹上章

辞免，遂于九月十二日取道上饶归武。在上饶，他和辛弃疾、韩元吉以及信州的诗人徐安国有一次聚会，游了南岩一滴泉等景点。

欲过履道庵不果因以诗送饼饵

乘晴欲过雨岩去，草木空疏霜后寒。
老苦疮疡行又止，闲将饼饵问平安。
夜炉挟册应三复，晓径春禾可一餐。
蕙帐藜床同梦寐，试回头作去年看。

（沈阳出版社《四库全书珍本初集》集部·别集类《涧泉集》卷十四，第 10643 页，七言律诗）

夏尚朴（1466—1538）

字敦夫，一作敬夫，号东岩，江西广丰廿三都人，明代文学家、诗人。少师娄谅，传主敬之学。正德六年（1511）中进士，历官南京礼部主事、惠州府（今广东惠州市）知府、山东提学副使、南京太仆寺少卿。著《东岩文集》6卷、《东岩诗集》6卷，载《四库全书总目》传于世。夏尚朴常与魏校、湛若水等人共同讲学，对崇仁派后期学说的发展作过贡献。

博山水尾折为数曲

博山水尾折为数曲，傍有磐石可坐，暇日与兴诸生游憩，约修禊事于此

秋日晴堪赏，相携出寺游。

看山来谷口，扫石坐源头。

流水穿沙净，纤鳞斗浪稠。

兰亭留胜事，何日约重修。

（《东岩诗集》卷三，五言律诗，书林书局《夏东岩先生诗集》第90页）

由郡痒到博山寺，时读书于此

坐久不能去，携书趁晚凉。

路穿清樾暗，岭度白云长。

林霜濛濛湿，荷花淡淡香。

归来山寺夜，惊电闪回廊。

（《东岩诗集》卷三，五言律诗，书林书局《夏东岩
先生诗集》第 90 页）

寓读博山寺中，柬潘友润

彼此暌违动来年，欲来频为事相牵。

劳君过我非难事，日日江头有便船。

（《夏尚朴理学思想学术研讨会文稿汇编》：宁波大
学哲学和国学研究中心副主任邹建锋《上饶广丰大儒
东岩先生夏尚朴的文献版本与学术思想世界》第 34 页，
七言绝句）

博山道中

傍我肩舆度远村，一村风景异尘氛。

林峦树影参差见，茅屋鸡声远近闻。

碧水残莲浮白羽，秋风熟黍蔼黄云。

等闲久向松间憩，翘首江城日寝曛。

（《夏尚朴理学思想学术研讨会文稿汇编》：宁波大
学哲学和国学研究中心副主任邹建锋《上饶广丰大儒
东岩先生夏尚朴的文献版本与学术思想世界》第 40 页，
七言律诗）

吕夔（1472—1519）

————— · ——————

字祖邦，号星石。生于夔州得名，广丰人。明弘治壬戌年（1502）进士，任工部主事，经理江淮水务。适逢旱暑，夔克己俭约，省事便民，百姓多以得活。后拟提任翰林，令先谒见首揆，执意不从，遂任虞衡主事，管理仪真瓷厂，改革弊端，升为员外郎。颇得少师梁文毅的信任，推荐为选部郎中。用人考核，都很精明，声名更大。后任杭州知府，颇著政绩。夔为人修身洁己，风度文雅，喜欢吟诗，为诗似唐王维，著有《草堂余兴集》。后因服丧回乡，筑莲湖书院，与朋辈安度余生。

游博山

曲涧回冈两屐便，空门斜掩白云巅。
梧飘曙院新凉候，桂老秋岩小雨天。
倦容停车争览胜，高僧拥膝坐谈禅。
素衣尘土如今少，欲向山中了俗缘。

（明嘉靖《永丰县志》）

潘肇华（生卒年不详）

字妫候。幼失恃，性敦孝友，好读书，目不窥园。应丙子科魁名，癸未新榜，特恩授知县职，告归眷亲，训子义方。康熙十三年（1674）遭乱，贼屡迎胁不从，宁避绝谷而终。

游博山寺

西望祇园叩入还，博山犹是旧庐山。
诸天龙绕白池上，平地螺旋青嶂间。
木渡如来无异相，火传迦叶有闾关。
效他刘阮寻奇胜，错认天台洞口湾。

（清康熙《广永丰县志》）

廖鼎新（生卒年不详）

清江人，邑训导。耿直刚方，时勤训迪，勉诸生力敦孝悌，期年间，礼让之风振起，道学之教复明。康熙十三年（1674）四月二十三日，广信营柯昇反，由信经永入闽，闽焚劫掠，蜂拥明伦堂毯署馨洗。公犹严正叱之，虽刀斧乱加不屈也，后举家尽殒山中。

博山寺

满目秋云起，高林堕日光。
泉声寒沥沥，山色晓苍苍。
石钵莲舒秀，蜂台菊吐芳。
顿教尘想尽，自觉鸟飞忙。

（清康熙四十一年《广永丰县志》）

夏显煜（生卒年不详）

字彦宣，江苏桃源人。贡生，康熙九年（1670）任
广丰知县。

博山

一壑庄严藏，疏钟度晓昏。

有溪来啸虎，无石不蹲猿。

篆古浮烟细，松高落影繁。

大颠清绝士，闲坐说风幡。

（清康熙四十一年《广永丰县志》）

纪登陛（生卒年不详）

字献之，号献紫，清邑民誉称其为"纪佛"。清顺治十七年（1660）举人，任新河知县，剔蠹安良，善政颇多。年老乞休，日玩《周易》，徜徉自适，纪律工诗，寿95岁。

陪夏彦翁父台游博山

仙吏政多暇，名山许共游。
烟去供笑傲，鱼鸟佐风流。
作赋心偏壮，逢僧话不休。
留题籍好手，莫负此灵丘。

（清乾隆二十二年《广丰县志》）

吴爝文（生卒年不详）

吴爝文，字璞存，一字朴庭，会稽籍，山阴人。雍正国子监生，屡举不第。生平游历，一寄诸吟咏。撰《朴庭诗稿》十卷（编修吴寿昌家藏本），前四卷其友人严遂成所选，后六卷则晚年所自订也。

兰溪

自我来信州，坐爱秋山翠。
揽胜谁最佳，惟数博山寺。
欢言命驾游，一径入深邃。
飒然花林香，金绳启大地。
铃响惊乳鸦，塔迥俯丛桂。
山僧裙衲古，义于迎道次。
坐石不设席，茶瓜谈往事。
携筇探西峰，缥缈迹尤异。
池寒龙抱球，奇石互位置。
有此好山泉，何妨日月至。
念我雪槎翁，秋前曾订使。
匆匆行部遥，胜游缺莫遂。
怀哉尘鞅劳，何似诸天闭。
钟声有清音，轩窗饶幽意。
萧萧落叶鸣，斜阳映归骑。

傅宏彪（生卒年不详）

字蔚文，号洋峰，少颖异，孝友谨朴。二十游泮，学宪张星指奇其文，以国士目之。其有文名，工古文辞，尤长于诗。著作《洋山愚者集》。大宗伯汪瑟庵（即汪廷珍，字瑟庵，乾隆进士，官至礼部尚书，故称"大宗伯"）为其作序，以行世。

博山寺

红叶酣霜缀碧岑，烟霞乱踏入丛林。
风清古木传疏磬，潇落寒塘净远心。
鸟下幽庭僧罢饭，藤缘古塔鹿眠阴。
夜灯渔鼓回头处，不用安禅更别寻。

（清同治十一年《广丰县志》）

刘尧裔（生卒年不详）

陕西渭南人，清乾隆年间任广信府知府。

游博山题赠秋水

绿阴深寺碧云楼，洗钵池边别有秋。

剩得浮生闲半日，话残庭月上帘钩。

（清乾隆二十二年《广丰县志》）

注：

秋水，法名一微，得法于博山剖云和尚，后至福建省浦城华封堂，清乾隆六年（1741），郡守陈雪槎请师主博山。

袁世绪（生卒年不详）

山东人，署郡事。

游博山题赠秋水

万叠秋光拥翠微，桂丛馥馥袭人衣。

点尘不到心源净，诸品全空色相稀。

松桧久依灵垧老，烟雾长锁道林肥。

翛然世外饶仙趣，皓月浮云无是非。

（清乾隆二十二年《广丰县志》）

邢锦（生卒年不详）

生平不详。

游博山寺赋赠秋水上人

真人博山好，千年古道场。

钟声段令宅，雁子合鸡堂。

说法天花雨，繙经贝叶香。

扫除心性地，谁似老僧茫。

（清乾隆二十二年《广丰县志》）

周际春 （生卒年不详）

生平不详。

游博山次答秋水上人

金绳一路入云峰，花雨春深暮霭浓。
卓锡当年光祖席，浮杯此日振曹宗。
殿前岭小曾栖凤，院外池深肯浴龙。
焉得老僧长作伴，频宣妙偈豁凡胸。

（清乾隆二十二年《广丰县志》）

刘梓（生卒年不详）

刘梓，字树嘉，少受知于苏郡伯令从教授何挥才游，登乾隆己卯乡荐，广授生徒，郡邑之能文章、掇巍科者多出其门。初任高安教谕，以忧归。服除，补临川训导。学斋故近李习空第，太史傅熊兄弟俱受业焉。寿八十九卒，生徒会葬者以千计，为筑墓于祖山之旁。学博熊日华、李秾表其墓。著有《朴斋文稿》行世。

赠博山秋水上人（三首）

避俗终须俗，惟师不染尘。
上方真佛子，大地一诗人。
松影间添韵，昙花妙出新。
推敲无尽处，何字说缘因。

破衲博山老，萧然在此中。
三元标汉月，一喝冷秋风。
貌古心偏热，谈高意转雄。
更饶诗力健，吟罢五更钟。

自有宗风继，何须海外传。
谈经惊白鹤，说法涌青莲。
明月心常湛，寒泉性不牵。
相逢无别语，笑指白云巅。

（清同治十一年《广丰县志》）

詹广誉（生卒年不详）

字涵川，广东饶平人，进士，乾隆四年（1739）任广丰知县。

游博山寺

慧窟藏明暗自知，空山寂历昼阴移。

杳无去鹤惊花坞，定有驯龙稳钵池。

石磬西风诗酒日，冰床子夜敲钟时。

经年眼觉官斋树，犹忆檀林碧落枝。

（清乾隆二十二年《广丰县志》）

何兰（生卒年不详）

广丰知县。

游博山寺

群山环拱法王家，磴转川停一径斜。

下界混茫青气合，上方迢递绿天遮。

曾闻支派分旗鼓，见说禅宗落雨花。

不是浮生闲未得，指头竖处问停车。

（清乾隆二十二年《广丰县志》）

杨丕烈（生卒年不详）

乾州人，乾隆年间举人。

游博山寺

古寺萧萧环碧巘，政闲偶入小壶天。

有无山色青霄外，远近溪声白石边。

林散花香穿雨落，谷喧鸟语倩风传。

生来素有林泉癖，讲听高僧更浩然。

（清乾隆二十二年《广丰县志》）

郑琮（生卒年不详）

广东顺德人。

游博山寺

尘心到此应消尽，一路青山不世情。

老桂围成金粟地，春云引入赤露城。

谈空水月心如濯，觅到津梁慧自生。

何事斜阳催客骑，归途遥听暮钟声。

（清乾隆二十二年《广丰县志》）

游法珠（生卒年不详）

广东顺德人,进士,乾隆十八年（1753）任广丰知县。

博山攀桂歌

博山信奇特,烟细篆苍穹。

匡庐形象分,紫气起嵌空。

一线羊肠路,几回鸟道穷。

置身桂萼林,呼吸清芬通。

俯瞰半砚池,池水散泽泽。

当年德韶国师今何处？仅仅卓锡留山中。

采采金粟花,托慕在秋风。

安得月娥好,携上蕊珠宫。

羽衣舞,霓裳曲,珊珊环珮响玲珑。

但期人事一朝尽,何劳河边掷杖仰申功。

披裘结宇博山头,丹桂丛生山之幽。

寄言冠盖赏心者,若有人兮啸且讴。

（清乾隆二十二年《广丰县志》）

周弘圻（生卒年不详）

邑岁贡。

博山寺

古刹青松里，曹溪佛法藏。

韶泉飞锡远，庐鼎篆烟长。

磬响尘氛息，钟敲痴梦惶。

老僧闲坐石，笑彼白云忙。

（清乾隆二十二年《广丰县志》）

傅士暹（生卒年不详）

生平不详。

博　山

万壑峰高石室开，为寻幽境客频来。

苔藓垂印山门古，苍翠疑班宝殿回。

林里时闻僧语细，云间忽响磬声催。

当年留偈人何往，白昼天风首重回。

（清乾隆二十二年《广丰县志》）

徐光祚（生卒年不详）

乾隆四十六年（1781）进士。

春日游博山即景

长林绵邈古峰藏，曲径穿云绕上方。

乱踏烟霞登石室，漫随麇鹿到松堂。

山舍宿雨堆帘翠，花引新泉入灶香。

谷口春残人去后，声声钟磬夏流长。

（清乾隆二十二年《广丰县志》）

后 记

　　博山在广丰城区西南三十余里，南临丰溪，远望如庐山之香炉峰。这里有千年古刹博山寺，自五代德韶国师开基以来，高僧辈出，佛法远播；这里有南宋大词人辛弃疾的稼轩书院和稼轩博山词，厚重文化，熠熠生辉；这里山峦拥翠，林谷幽深，庙宇恢弘，殿堂林立，晚明时曾誉为"天下第二丛林"。一方水土养一方人，博山既有古寺，又有旧书院，这里孕育了诗词大家，孕育了博山诗词，孕育了博山文化，博山寺的高僧名道留有禅诗警句，南宋大词人辛弃疾，创作许多脍炙人口的稼轩博山词，而后，宋明清文人骚客创作博山诗词甚多，可以说博山是一方禅宗圣地，更是一处诗词飞扬的名山丛林。为此，我们很有必要将之结集成册以飨世人。

　　《博山诗词集》一书共收集了 38 位作者的 732 首诗词，分三辑：第一辑为辛弃疾博山创作的稼轩博山词，共 35 阕；第二辑为明末无异元来禅师诗歌，共 601 首；第三辑为南宋以来文人骚客及博山历代禅师（无异元来除外）的诗词作品，共 96 首，在收集诗词资料过程中，我们力求全面、准确、尽量不遗漏博山诗词，罗列作者简介和相关情况，收录的诗词注明出处，编辑过程一般按作者年代为序排列。

　　《博山诗词集》第一辑收录辛弃疾稼轩博山词 35 首，

全部选自 2012 年华中科技大学出版社出版徐汉明校注《辛弃疾全集校注》（上、下）一书，每首词后注明《稼轩词》的卷数，并按卷数顺序排列。

收录了稼轩词在题记有明确注明"博山道""博山王氏庵""博山寺""雨岩"的词作十八首，分别为：《丑奴儿·少年不识愁滋味》（书博山道中壁）、《丑奴儿·千峰云起》（博山道中效李易安体）、《江神子·一川松竹任横斜》（博山道中书王氏壁）、《丑奴儿·烟芜露荄荒池柳》（书博山道中壁）、《清平乐·柳边飞鞚》（博山道中即事）、《清平乐·绕床饥鼠》（独宿博山王氏庵）、《酒不空·不向长安路上行》（博山寺作）、《水调歌头·头白齿牙缺》（元日投宿博山寺，见者惊叹其老）、《水调歌头·我志在廖阔》（赵昌父七月望日用东坡韵叙太白、东坡事见寄，过相褒借，且有秋水之约。八月十四日，余卧病博山寺中，因用韵为谢，兼寄吴子似）、《行香子·少日尝闻》（博山戏呈赵昌甫、韩仲止）、《浣溪沙·花向今朝粉面匀》（偕杜叔高、吴子似宿山寺戏作）、《点绛唇·隐隐轻雷》（留博山寺，闻光风主人微恙而归，时春泓断桥）《山鬼谣·问何年》（雨岩有石，状甚怪，取《离骚》《九歌》，名曰山鬼，因赋《摸鱼儿》，改名《山鬼谣》）、《蝴恋花·九畹芳菲兰佩好》（月下醉书雨岩石浪）、《水龙吟·补陀大士虚空》（题雨岩。岩类今所画观音补陀。岩中有泉飞出，如风雨声）、《念奴娇·近来向处》（赋雨岩,效朱希真体)、《生查子·溪边照影行》(独游雨岩)、《定风波·山路风来草木香》(用药名招婺源马荀仲游雨岩。马善医)。

收录了辛弃疾词作有明确博山的酒肆、雨岩堂号二首,分别为:《江神子·送元济之归豫章》(更觉桃源、人去隔仙凡。自注:桃源乃王氏酒坊,与济之作别处)、《玉楼春·席上赠别上饶黄倅》(题记:龙嵸,雨岩堂名。通判雨,当时民谣。吏垂头,亦渠摄郡时事)。

收录语音(吴语系)博山区域一首,即《清平乐·村居》(醉里吴音相媚好)。

收录辛弃疾与广丰名要酬和的词三首,分别为《水调歌头·相公倦台鼎》(送施枢密圣与帅江西)、《定风波·春到蓬壶特地晴》(施枢密圣与席上赋)、《水调歌头·万事几时足》(题永丰杨少游提点一枝堂)。

收录与博山词同韵的词作六首,分别为与上首《浣沙溪·花向今朝粉面匀》(偕杜叔高、吴子似宿山寺戏作)同韵的二首《浣沙溪·歌串如珠个个匀》《浣沙溪·父老争言雨水匀》;与《定风波·山路风来草木香》(用药名招婺源马荀仲游雨岩。马善医)同韵的一首《定风波·仄月高寒水石乡》(题记:再和前韵,药名);《蝶恋花·用前韵,送人行》(意态憨生元自好)与《蝶恋花·月下醉书雨岩石浪》同韵;《丑奴儿·此生自断天休问》与《丑奴儿·书博山道中壁》同韵,《点绛唇·身后虚名》与《点绛唇·隐隐轻雷》(留博山寺)同韵。

情境和物象符合博山雨岩的有三首,分别为《蝶恋花·洗尽机心随法喜》(石龙,即雨岩石浪)、《蝶恋花·何物能令公怒喜》(溪堂,位于博山雨岩之前永丰溪上之堂);《鹊桥仙·松风避暑》("松风""茅檐""怪石""飞泉"的语境与博山道中及雨岩境地相同)。

词作中酒楼及醉扶表述与辛弃疾所作博山词情境二首,分别为《鹧鸪天·代人赋》(词中"青旗沽酒有人家")和《西江月·遣兴》(醉里且贪欢笑)。

广丰李有祥先生编著的《辛弃疾在博山》(2023年江西人民出版社出版),认定辛弃疾在博山作词达45首。《博山诗词集》未收录他认定博山词作有《浣溪沙·漫兴作》(未到山前骑马回)、《浪淘沙·山寺夜半闻钟》《玉楼春·戏赋云山》《朝中措·夜深残月过山房》《南歌子·山中夜坐》《水调歌头·赋松菊堂》《卜算子·齿落》《江神子·和人韵》(梅梅柳柳斗纤秾)、《江神子·和人韵》(剩云残日弄阴晴)、《江神子·和人韵》(梨花著雨晚来晴)。

《博山诗词集》收录无异元来禅师诗歌601首,其中寿言、挽辞、诗歌出自《无异元来禅师广录》卷三十三、卷三十四;《立春偈赞》出自山西五台山普化寺《禅门立春偈赞法语》;参禅偈出自《博山和尚参禅警语》下卷之十二;开示偈出自《无异元来禅师广录》卷十三至卷